Rainer Bressler, Jurist im Ruhestand und Schriftsteller, geboren 1945, ist Schweizer und lebt in Zürich. In den Jahren 1980 bis 1993 profilierte er sich als Hörspielautor, dessen Hörspiele von Radio DRS produziert und ausgestrahlt wurden.

Bisherige Veröffentlichungen:

7 Hörspiele produziert von Radio SRF:
Tom Garner und Jamie Lester; Morgenkonzert; Folgen Sie mir, Madame; Aufruhr in Zürich; Nächst der Sonne; Geliebter / Geliebte; Gaukler der Nacht; Beinahe-Minuten-Krimi
Ausgestrahlt in den Jahren 1979 bis 1993

Geliebter / Geliebte, in Ach & Och. Das Schweizer Hörspielbuch, Haffmans Verlag 1998

Geliebter / Geliebte. 8 Hörspiele, Karpos Verlag, Loznica 2008

Privatzeug 1856 bis 2012. Versuch einer Spurensuche, 5 Bände:
Spur 1 Reisen; Spur 2 Spielen; Spur 3 Schreiben; Spur 4 Dichten; Spur 5 Weben
BoD 2012 bis 2016

Pink Champagne, satirischer Roman, BoD 2020
Schattenkämpfe, Roman, BoD 2020
Kraut & Rüben, Kurzgeschichten, BoD 2020
Reise-Impressionen, Erzählungen, BoD 2020
Fenstersturz, Krimi-Satire, BoD 2020
Texturen, Krimi-Satire, BoD 2020
Theaterstücke Band I bis IV, BoD 2020

Meine verlorene Omi, in Kaddisch zum Gedenken, Till Schaap Edition 2023

EIN FALSCHER FREUND

Theaterstück

IN ERWARTUNG

Mini-Drama

© 2024 Rainer Bressler

Lektorat und Korrektorat: Rainer Bressler
www.rainerbressler.ch
Umschlagbild und Illustrationen Rainer Bressler
Herstellung und Verlag: BoD – Books on Demand,
Norderstedt

ISBN: 978-3-759-76095 1

Bibliografische Information der Deutschen
Nationalbibliothek:
Die Deutsche Nationalbibliothek verzeichnet diese
Publikation in der Deutschen Nationalbibliografie;
detaillierte bibliografische Daten sind im Internet
über http://dnb.dnb.de abrufbar.

Inhalt

EIN FALSCHER FREUND   Seite   9

    Erste Szene   15

    Zweite Szene   34

    Dritte Szene   37

    Vierte Szene   54

    Fünfte Szene   57

    Sechste Szene   63

    Siebente Szene   80

    Achte Szene   87

    Neunte Szene   88

    Zehnte Szene   95

    Literatur   98

    Liedtexte (Auszüge)   100

IN ERWARTUNG   Seite   103

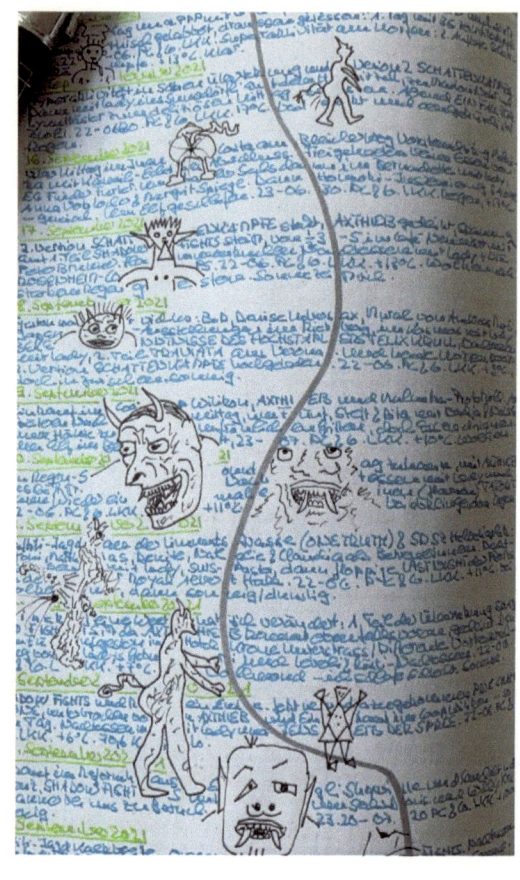

EIN FALSCHER FREUND

Ein fiktiver Monolog
Frank Wedekinds
über
tatsächliche Vorfälle 1890

Theaterstück

Person	Schauspieler als Frank Wedekind, 26-Jährig, Sprecher
Ort	Wohnung, Grossstadt, öffentliche Verkehrsmittel etc.
Zeit	Gegenwart, bestimmte Ereignisse von 1890 reflektierend

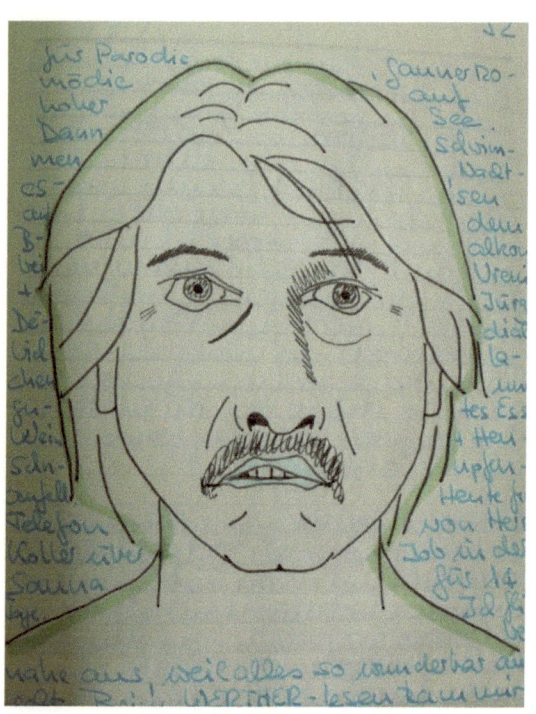

12

Vorbemerkungen

Das Stück besteht im Wesentlichen aus einem Monolog Wedekinds, wobei einzelne Aussagen von einem in die Handlung nicht involvierten Sprecher kommentiert werden. Möglich ist es, das Stück als Monodrama aufzuführen und die Kommentare des Sprechers akustisch einzuspielen oder den Text als Hörspiel zu verwenden.

Zu Beginn können, zum Beispiel, die zwei Anfangszeilen der Moritat von Mackie Messer, Bert Brecht / Kurt Weil, als Gesang mit musikalischer Begleitung erklingen. „Und der Haifisch, der hat Zähne / Und die trägt er im Gesicht / Und Macheath, der hat ein Messer / Doch das Messer sieht man nicht ...", um dann ausgeblendet zu werden und zu verklingen. Auch können zwischen den einzelnen Szenen wenige Takte einer Klavierversion der Moritat eingeblendet werden.

Zwischen den einzelnen Szenen können auch Wedekind oder der Sprecher zur Auflockerung des

Monologs einzelne Strophen von Wedekind-Liedern (z.B. „Lied vom armen Kind" oder „Marasmus" – Textauswahl im Anhang!) interpretieren.

Erste Szene

Okay. Ich schlüpfe nun in die Rolle des Schriftstellers Frank Wedekind.

Wedekind steht belämmert im Korridor seiner Wohnung vor der geöffneten Wohnungstüre. Er hält ein Buch in Händen, auf das er schaut, ohne es tatsächlich anzuschauen oder wahrzunehmen. Es herrscht helles Tageslicht.

Was soll das? Danke, Karl! Herzlichen Dank auch. Danke.

Wedekind fasst sich, streckt seinen Kopf aus der Wohnung raus ins Treppenhaus. Die Wohnung befindet sich im fünften Stockwerk des Hauses. Auf steinernen Treppenstufen sind runterrennende hallende, sich entfernende Schritte deutlich zu hören.

Halt, halt, Karl! Was ist? Karl, renne nicht gleich davon. Bleib! Bleibe! Ich muss mich richtig bedanken. Ich muss unbedingt wissen, wie du dazu kommst, mir am frühen Morgen dieses, dieses, dieses Geschenk … (*Beginn des inneren Monologs*) Idiot! Rennt einfach davon. Sonst nicht Karls Art. Wortlos, weg! In aller Herrgottsfrühe. Trrng, trrng. Da, nimm! Drückt in die Hand. Buch. Und weg ist er. Träume ich? Quatsch, da stehe ich und da bin ich.

Wedekind schmeisst die Wohnungstüre zu. Er wird sich im Laufe der ersten Szene durch die Wohnung bewegen. Geht zur Küche, Er entnimmt dem Kühlschrank eine Tafel Schokolade. Reisst die Verpackung auf. Bricht einen Teil Schokolade ab. Stopft sie sich in den Mund. Redet mit vollem, Mund weiter. Füllt Wasser in den Wasserkocher. Kippt den Hebel, um den Wasserkocher in Funktion zu setzen. Entnimmt einem Schrank eine Tasse und ein Behältnis, dem er einen Teebeutel entnimmt. Leises Geräusch des Wasserkochers, in dem das Wasser zu sieden beginnt.

Mich, Benjamin Franklin Wedekind, Schriftsteller, einfach so, zu nachtschlafendster Stunde mit dem irren Klingeln an der Wohnungstüre aus wohligstem Schlaf aufzuschrecken! Mich, MICH zu stören! Mir so kurz nach Mitternacht einen solchen Schrecken einzujagen. Unverschämt! Karl, Karl, mit graut vor dir.

Okay, okay. Fünf vor Acht. Dennoch, Karl kennt meine Gewohnheiten. Frühestens ansprechbar um Zehn am Morgen. Davor brauche ich meine Ruhe. Gleich nach dem Aufstehen, um Sechs: meine kreativste Zeit. Ernte der mir in der Nacht zugefallenen Ideen. Morgenstunde ist mir heilig. Die Leute, gerade Karl, sollen das, verdammt nochmal, gefälligst respektieren!

Herausgerissen. Mitten aus … Bin gerade dran, eine mir spontan einfallende und so total gelungene Redewendung für die Figur Moritz in meinem im Entstehen begriffenen Theaterstück witzig formuliert aufs Papier zu bringen. Da: trrng, trrng. „Alles vorbei, Tom Dooley, noch vor dem Morgenrot, ist es gesche'n, Tom Dooley, morgen dann bist du tot." (*Amerikanisches Volkslied, Version Nilsen Brothers aus den 50er-Jahren*). Mist, Mist. Mist. Soll einer es wagen, mich beim Dichten zu stören! Mein Werk zu verhindern!

Andere gehen locker über solch keine Irritationen des Alltags hinweg. Mir geht das gegen den Strich. Ich bin halt, dem Himmel sei's getrommelt und gepfiffen, so konstruiert, wie ich eben konstruiert bin. MUSS allem und jedem, insbesondere Irritationen auf den Grund gehen. In der Hoffnung, nicht auf Grund aufzulaufen. Doch den Grund stechend scharf und wahrhaftig zu ergründen. Ich tüftle leidenschaftlich an Fragen herum. Springt eine Frage mich an, lässt sie mir keine Ruhe mehr. Bis ich eine Antwort habe. Die mir als wahr einleuchtet. Verflucht der Denker. Der es einfach nicht lassen kann. Déformation professionelle. Ach, des Schriftstellers.

Wedekinds Blick fällt auf das Buch, das er in Händen hält. Er spielt mit dem Buch.

Karl. Drückt mir wortlos ein schmales Bändchen in die Hand. Fliege, Büchlein, fliege. Hoppla. Beinahe auf dem Boden gelandet. Beinahe zu Bruch gegangen. Bevor ich's inspiziert habe. Ein Buch. Wo ich Bücher im Überfluss …

Du meine Güte! „Das Friedensfest". Gerhart Hauptmann. (*nachdenklich*) Dieses Theaterstück wird in wenigen Tagen in Berlin uraufgeführt. Karl hat mitbekommen, dass die Buchausgabe des Stücks bereits erschienen ist. Ich nicht. Und er überrascht mich damit am frühen …

Ha, Freund Hauptmann! Ist schon ein Teufelskerl. Bloss zwei Jahre älter als ich. Und hat es bereits geschafft. Letztes Jahr „Vor Sonnenaufgang" in Berlin. Sein erstes Stück. Ein Skandal war das gewesen. Mit einem Schlag ist er, der bis dahin leidlich als Novellist bekannt gewesen war, berühmt. Und nun, nicht einmal ein ganzes Jahr nach seinem ersten Paukenschlag, holt er bereits zum zweiten aus. Er versteht es, die Gunst der Stunde für seinen Ruhm zu nutzen. Und das Theater wittert gute Geschäfte mit ihm. Und ich mit meinem Theaterstück? Absagen, Absagen, Absagen. Vergiss es!

Hauptmann hatte mich bei unserem letzten Zusammensein in Berlin mit der Bemerkung ermuntert, ich hätte Talent. Was er von mir gelesen habe, habe ihn sehr beeindruckt.

(*freudig erregt*) Jetzt halte ich Hauptmanns neusten Wurf in Händen. Echt gespannt. Karl ist ein Schatz. Checkt, dass „Das Friedensfest" als Buch erhältlich ist. Sagt mir nichts davon. Eilt. Lässt keine Zeit verstreichen. Klingelt auf dem Weg zur Arbeit an meiner Wohnungstüre. Daher so zeitig am Morgen. Und überrascht mich mit dem Buch, auf das ich, wo ich es in Händen halte, schon etwas neugierig bin. Karl, deine Geste berührt mich. Du bist und bleibst mir mein echter und liebster Freund. Bloss…

(*nachdenklich*) Warte. Wart. Da war doch was. Was? Die kleine Irritation. Karls Verhalten von soeben. Dass er wortlos abhaut. Diese Eile nehme ich ihm nicht ab. Da steckt etwas dahinter. Normalerweise wäre gerade der auf Klatsch und Tratsch so erpichte Karl darauf erpicht gewesen, Hauptmanns Vielschreiberei zu begackern. Wann er zu seiner Arbeit geht, ist ihm sonst immer egal. Weshalb hat Karl nicht gestern Abend bei mir reingeschaut mit dem Buch! Das Buch hatte er bestimmt gestern Abend bereits gehabt. Wir hätten gemütlich bei einem Bier zusammengesessen. Über die Besessenheit Hauptmanns, der in seiner Selbstherrlichkeit das Vielschreiben nicht lassen kann, getratscht.

Wortlos hat Karl mir das Buch in die Hand gedrückt. Haut gleich danach ab. Bevor ich papp sagen kann. Nein, nein, halt! Er hat etwas gesagt. Kurz ein paar Worte gesagt. Worte wie, das, das … Ja: DAS MUSST DU KENNEN! Jetzt fällt es mir wieder ein. Genau diese Worte. Mir geradezu an den Kopf geschmissen. DAS MUSST DU KENNEN. Wumm. Da hast du's! In einem Tonfall. Diese Worte, dieser Tonfall, sein Verhalten. DAS MUSST DU KENNEN. Befehlend. Vorwurfsvoll. Verächtlich. Und weg ist er!

Mich nicht für dumm verkaufen! Bürschchen, Bürschchen. Als scharfer Zuhörer bin ich auf Zwischentöne getrimmt. Nehme sie wahr. Dann drängen sich mir spontan Interpretationen dessen auf, was hörbar, doch nicht ausgesprochen war.

(*scharf überlegend*) Also ob er mir … Er muss mir … Sein Verhalten ist kein Versehen, kein Zufall. Er will mir mit seiner Schroffheit etwas sagen. Sagen. Mir. Was wohl? Das Buch. Nicht zufällig von Hauptmann. Gezielt von Hauptmann. Karl gibt mir zu verstehen, schau, schau, unser Freund Hauptmann hat es geschafft. Das geschafft. Was du nicht geschafft hast. Wohl nie schaffen wirst. Geh in dich. Überleg dir. Die Botschaft hör ich wohl, …

Nicht gleich hyperventilieren, Wedekind! Ruhig überlegen, ob an meinem Verdacht etwas dran sein könnte. Gehe ich davon aus, dass dieser Verdacht zutrifft, müsste ich annehmen, dass Karl mir einen Spiegel vors Gesicht hält. Brutal, schonungslos. Du MUSST dich deiner Erfolglosigkeit als Stückeschreiber stellen.

Klar, ich bin mit meinem Stück abgeblitzt. Während Hauptmann, ppphhhuuu … Das zweite Stück in kürzester Zeit. Als ich Karl MEIN Stück „Der Schnellmaler oder Kunst und Mammon" zu Lesen gegeben hatte, lobte er es über den grünen Klee. Bezeichnete es als brillant. Ich erinnere mich genau: sein Lob hatte mich irgendwie irritiert.

Peinlich berührt. Intuitiv misstraue ich Lob. Vermute dahinter aufgeplusterte, zur Schau gestellte Nettigkeit. Nichts als Nettigkeit. Weil man den Freund nicht verletzen will, sagt man ihm nicht, dass man das, was er geschrieben hat, Scheisse findet. Karl spielt den Enthusiasten überzeugend. Mein Bauchgefühl muss mir bereits damals gesagt haben, dass etwas daran nicht echt ist. Irgendwie hatte er mich nicht verletzen wollen. Hatte es nicht gewagt, dieser Feigling, mir die Wahrheit ins Gesicht zu schleudern. Checkt nicht, dass seine Lüge mich nun, wo ich sie durchschaue, unendlich mehr verletzt, als es die Wahrheit damals getan hätte. Ich selber zweifle immer an dem, was ich geschrieben habe. Kritik, selbst vernichtende Kritik haut mich nicht um. Ich kann Kritik ertragen. Doch Lüge von meinem besten Freund, sie ertrage ich nicht. Mit seinem Lob hat er mir etwas vorgelogen. Seine wahre Meinung gibt er mir verklausuliert jetzt, viel später, zu verstehen. Und ich verstehe. Karl, dieser Hosenscheisser, kann und will es mir nicht direkt ins Gesicht sagen. Deshalb ist er nach den bösen Worten gleich abgehauen!

Wie bekloppt ich bin, es nicht gleich gecheckt zu haben. Er will mir wortlos sagen, Kunststück, dass du es nicht schaffst. Hauptmann ist eben besser. Wach auf! Hör auf zu träumen!

Lies! Erkenne endlich, dein Schriftstellertraum muss platzen. An das, was Hauptmann schreibt und du nun in Händen hältst, kommst du mit deinem Geschreibsel niemals ran. Hänge dein Schriftstellerdasein an den Nagel. Werde etwas Anständiges, Bürgerliches! Zuerst macht er mir was vor. Belügt mich. Um mir und meinem Schreiben mit DU MUSST ES WISSEN auf diese unehrliche Art einen Todesstoss zu versetzen. Das tut weh. Ein echter Freund tut das nicht.

(*zunehmend erregt*) Wie man sich täuschen kann. Aus Feigheit muss Karl sich nicht getraut haben, mir ins Gesicht zu sagen, dass er nichts von meinen stückeschreiberischen Ambitionen hält. Nun hat er sein wahres Gesicht gezeigt. Karl, du windiger Lump, du! Wenn du der tolle Mensch wärst, der zu sein, du dir einbildest, hättest du mit deiner Kritik an meinem Theaterstück nicht hinter dem Zaun gehalten. Dann hättest du mir offen und ehrlich von Angesicht zu Angesicht gesagt, dass mein Stück nichts taugt. Schliesslich bist zu in Sachen Literatur eine Autorität. Doch mir deine Wahrheit zu verschweigen. Sie mir dann so zu zeigen, zeugt von miserablem Stil. Ist Verrat unserer Freundschaft. Freundschaft ade! Karl, du bist EIN FALSCHER FREUND!

Und glaube bloss nicht, ich hätte mir auf mein Theaterstück je etwas eingebildet. Ätsch! Die Wahrheit ist, Ich hatte immer daran gezweifelt. Eine ehrliche Kritik unter Freunden hätte ich somit spielend vertragen. Ich lasse mich nicht beirren. Bleibe dran. Bin Stückeschreiber! Will etwas schaffen. Doch dieser Auftritt von heute früh, das geht zu weit. Auf falsche Freunde, die mich zuerst anlügen und mir dann mit einem bösen Trick und mit DAS MUSST DU WISSEN ins Schienbein treten, bin ICH nicht angewiesen. Auf solche Freunde pfeife ich. Wisse, dass sich der Verlust von dir als Freund in Grenzen hält. Die Augen geöffnet zu erhalten und endlich die Wahrheit zu wissen ist alles, was nun zählt. Dein verlogenes Verhalten muss ich mir nicht bieten lassen. Nicht einmal von DIR! Da! Da hast du's! Du dummes Möbel!

Wedekind versetzt im Zorn und voller Wut einem beliebigen Möbelstück einen heftigsten Fusstritt,.

Autsch! Autsch! Autsch! Mein Fuss futsch!

Wedekind inspiziert den Fuss, mit dem er das Möbelstück getreten hat. Zieht den Socken aus, starrt auf den Fuss. Hüpft herum, um Verbandmaterial zu suchen.

Hilfe, Blut, Blut! Heftpflaster, Heftpflaster! Nix. Der gescheiterte Stückeschreiber Benjamin Franklin Wedekind verblutet. Ich kann Blut nicht fliessen sehen.

Wedekind entnimmt seiner Hosentasche ein Paket Papiertaschentücher und wickelt den leicht blutenden Zehen in ein Papiertaschentuch ein. Zieht dann den Socken wieder über.

Ich müsste eigentlich in Ohnmacht fallen. Das Blut hat es gecheckt. Ist anständig. Fliesst nicht. Dieser Bluttropfen auf dem Socken wird trocknen. Keiner sieht es, ich trage ja Schuhe drüber. Objektiv. Idiotisch, dieser Kontrollverlust. Auszuschlagen wie ein Pferd. Weil's einfach so über mich kommt. Plötzlich. Zum Glück sieht's keiner.

Wenn ich mir nun vorstelle, dass wir damals in Hannover als gleichaltrige Kinder zusammen gespielt hatten. Als ich acht Jahre alt war, zogen wir nach Lenzburg. Ich verlor Karl aus den Augen. Doch als wir uns zehn Jahre später, vor vier Jahren, wieder begegnet sind, in der Schweiz als 22-Jährige, komme ich schlicht nicht umhin, ihn, den bereits erfolgreichen Dichter und politischen Aktivisten zu bewundern. Mir schmeichelte ungemein, dass ihm meine Gesellschaft nicht etwa zuwider war, nein, er sie, im Gegenteil suchte. Ich, der ich mich mit echten Freundschaften schwer tue, glaubte, in Karl den wahren Freund gefunden zu haben.

Nun hat er alles kaputt gemacht. Er hat mir, das erkenne ich nun klar, immer etwas vorgemacht. Der Erfolgreichere von uns beiden. Der mir aus welchen Gründen auch immer den Schmus bringt. Und ich falle während Jahren darauf rein. Zugegeben, Karl ist gute Gesellschaft. Anregend, steckt immer voller Ideen. Doch nun hat er sein wahres Gesicht gezeigt. Indem er mir auf hinterrückse Weise demonstriert, was er von meinem Stückeschreiben hält. Missgunst? Neid? Womöglich hat er recht mit seiner Einschätzung. Doch mir gleichsam zu befehlen, das Stückeschreiben zu lassen, das geht zu weit. Ein echter Freund hätte das Gespräch mit mir gesucht und mir sachlich auseinandergesetzt, woran ich arbeiten soll, was ich besser machen kann. Wäre nicht gleich mit einem so apodiktischen Befehl eingefahren. Befehle ertrage ich überhaupt nicht.

Ich bin nun mal allergisch auf Befehle, Ungerechtigkeit, Rechthaberei. Da raste ich unweigerlich aus. Ich schreie spontan los, schlage aus. Dagegen kann ich nichts machen. Klar, danach schäme ich mich, mache mir ein Gewissen um meinen Mangel an Kontrolle über meine Gefühle. Wie damals, als ich meinen Vater geschlagen hatte. Er, der immer nur befahl, hatte mich mit einem ungehörigen Befehl bis aufs Blut gereizt. Und ich schlug zu. Riesiger Schmerz. Noch heute. Dass der, den ich für meinen besten Freund gehalten hatte, glaubt, mir, wie mein Vater selig, befehlen zu müssen … Ich schüttle meinen Kopf. Muss die Konsequenzen ziehen.

Ich bin enthusiastisch und sentimental in diese Freundschaft mit Karl reingestolpert. Fliege unkritisch auf Menschen rein, die ein Bisschen nett zu mir sind und mir schmeicheln. Das wird mir eine Lehre sein. In einer schwachen Stunde hatte ich Karl als einzigem Mensch auf der Welt meinen Knatsch mit meinem Vater gebeichtet. Als ich tätlich gegen meinen Vater geworden war. Mich dafür unendlich schäme. Ich, erleichtert darüber, dass ich endlich einmal ausspucken kann, was mich umtreibt und bedrückt. Karl zeigt Verständnis. Ich begreife endlich zu meinem grossen Erstaunen, dass die Welt nicht untergeht, wenn ich rede. Frisch und frei von der Leber weg über mich, über meine Familie, über meine Fehler und über mein Dasein, über all das, was mich beschämt, rede. In der unbändigen Freude, endlich über den eigenen Schatten gesprungen zu sein, kürte ich den zufälligen Zeugen meines Glücksmoments zu meinem echten Freund. Wie zynisch doch bei nüchterner Betrachtung gewisse Korrelationen sind und surreale Kausalitäten suggerieren. Jetzt bereue ich, dass ich ihm mein Innerstes geöffnet hatte. Das war ein Fehler gewesen.

Sich in einem Menschen so zu täuschen schmerzt. Männerfreundschaften. Freundschaften, ach. Mit echten Freundschaften tue ich mich schwer. Ich kann mich anderen Männern gegenüber schwer öffnen. Mangels Mitteilungsbedürfnis. Klar, es brennt mir oft auf der Zunge, mich über Persönlichstes und Intimes mit einer andern Menschenseele auszutauschen. Doch aus Scham lasse ich es bleiben. Einem andern Mann meine schwachen Seiten einzugestehen. Ich will mich nicht lächerlich machen. Doch ich kann mit meiner Zurückhaltung und meinem Schweigen Männern gegenüber bestens leben.

Ich bin gewissermassen Zaungast am Leben der anderen. Ich bin so schrecklich neugierig darauf, was die anderen zu berichten habe und lasse mich gerne als aufmerksamer Zuhörer und Gesprächspartner kapern, dem es bisweilen ganz recht ist, von Mitteilungen von anderen zugeschüttet zu werden.

Mit Frauen funktioniert es bestens. Frauen sind nun mal die besseren Menschen. Mit ihnen ist der Umgang so viel leichter. Ich komme gut bei Frauen an und, ja, ja, das führt ja oft und öfters zu sehr lustvollen Momenten, Ich spreche aus Erfahrung.

Auf falsche Freunde bin ich nicht angewiesen. An Gesellschaft mangelt es mir nie, sofern ich sie suche. Ich bin von Natur aus ein geselliger Mensch. Die Leute scheinen mich zu mögen und suchen meine Gesellschaft. Ich gelte nun mal als unterhaltsam, geistreich, witzig. Nehme locker meine Gitarre hervor. Produziere mich als Bänkelsänger. Der die witzigsten Lieder vorsingt. Selbst gebastelte Verse. Für die ich berühmt / berüchtigt bin. Alle applaudieren. Ich bin eine Ulknudel. Die anderen finden meine Wortspiele und Frechheiten lustig. Doch der Sinn für die Ernsthaftigkeit meiner Ironie geht den Meisten ab. Zum Glück bin ich eine fröhliche Natur. Bin lieber lustig ist als ein Trauerkloss. Dinge, die einem sauer aufstossen, gibt's zur

Genüge. Mit dem richtigen Dreh verliert man dennoch nicht den Humor. Denn er ist es, auf den es im Leben ankommt. Ich meine es total ernst. Humor und einen gelassenen Blick auf die Dinge. Das Mittel gegen die aufstossende Säure, die einem das Dasein versauern könnte. Durch noch so vertiefte Gedankenlabyrinthe lass ich mich nicht irre machen. Wer bin ich denn? Frank Wedekind!

Ja, ja, Karl hat Hauptmann und mich vor zwei Jahren zusammengebracht. Diese „Freundschaft" habe ich Karl zu verdanken. Hauptmann, mein so erfolgreicher Freund, ach!

Karl kannte hier in der Schweiz junge Literaten aus Deutschland, die sich im Reich von Bismarcks Sozialistengesetz bedroht gefühlt hatten. Die Sozialistengesetze stellten den blossen Hinweis auf soziale Not unter Strafe. Etliche Literaten hatten damals, vor zwei Jahren, vorübergehend Schutz in der Schweiz gesucht. Einer von ihnen ist Gerhart Hauptmann. Dessen Bruder, Carl Hauptmann, ebenfalls mit literarischen Ambitionen, arbeitete als Arzt bei Auguste Forel im Burghölzli, der fortschrittlichsten Psychiatrischen Klinik. Karl sagte mir, du musst diesen Kreis unbedingt kennen lernen. Eine gute Vernetzung ist Gold wert. Carl Hauptmann und seine berufliche Beschäftigung mit der Seele des Menschen hatte mich auf Anhieb sehr interessiert. Dann hatte mir auch geschmeichelt, dass Gerhart Hauptmann, der bloss zwei Jahre älter ist als ich und der sich mit der Veröffentlichung seiner ersten Novelle bereits in den literarischen Olymp hinaufkatapultiert gehabt hatte, sich mir gegenüber zugeneigt und offen gezeigt hatte. Ich fühlte mich von ihm als Schriftsteller ernst genommen. Fasste rasch Zutrauen zu ihm. Wir stritten uns über Nietzsche, Gott und die Welt. Und auch über soziale Fragen, die Hauptmann sehr wichtig sind. Während mich die Seele des Menschen und die Kommunikation der Menschen untereinander wichtiger sind.

Bleibt „Freund" Hauptmann. Gegen seine Person mit der stutzerhaften Kleidung, dem blasierten, selbstherrlichen Gehaben und seiner Manie, immer ein Notizbüchlein mit sich herumzutragen und es bei jeder passenden und unpassenden Gelegenheit zu zücken und hineinzukritzeln, hatte ich von Anfang an meine Vorbehalte. Freunden gegenüber soll man nachsichtig sein. Schliesslich ist man selber froh darüber, dass sie einen so akzeptieren, wie man eben ist, mit allen Makeln und Mängeln.

Karl, der mich unendlich verletzt und enttäuscht hat, kann mir in die Schuhe blasen. Er ist EIN FALSCHER FREUND! Ihn gleich anrufen. Nicht jetzt. Er will im Büro nicht gestört werden. Später. Ihm sagen, dass ich ihn dringend sprechen muss. Ihn nicht gleich am Telefon mit meinem Entscheid konfrontieren, dass für mich unsere Freundschaft vorbei ist. Ich will es ihm persönlich ankündigen. Das Ende unserer Freundschaft. So ist das Leben. Zurück zur Tagesordnung. Wo war ich gewesen ...

Als ich Hauptmann und seine Familie dann während meines kurzen Berlin-Aufenthalts vor etwas mehr als einem Jahr in der beeindruckenden Residenz, die er sich wegen seiner vermögenden Frau leisten kann, aufsuche, ist er hocherfreut. Fordert mich sogar auf, bald und noch oft bei ihm vorbeizuschauen. Hauptmann ist mir, bei allen Vorbehalten, die ich gegenüber seiner Person habe, und bei allen Differenzen, die wir beide bald herausgefunden hatten, gewissermassen ein Freund. Ja, ein wahrer Freund.

Was kümmert mich Karl. Hauptsache, ich habe das Büchlein. Kann das neuste Stück, „Das Friedensfest", von meinem Freund Gerhart Hauptmann lesen. Irgendwie interessiert es mich schon, was Freund Hauptmann, dieser Schmutzkonkurrent, nun schon wieder verbrochen hat. In knapp neun Monaten ZWEI Uraufführungen von Hauptmann-Stücken! Ja, Gerhart Hauptmann. Wird mit seinen naturalistischen Werken als Erneuerer der Literatur gefeiert. Naturalismus in der Literatur, auf der Bühne, ach du meine Güte!

Wo habe ich bloss meine Armbanduhr liegen lassen. Warte, ich hatte sie abgelegt, bevor ich Liegestützen machte. Ja, auf dem Tischchen neben dem Lehnstuhl. Richtig. Ach, mir bleiben ja noch über zwei Stunden, bevor ich im Theater antraben soll, um zu hören, dass sie mein Stück wieder nicht wollen. Anstatt sinn- und ziellos in der Wohnung herumzutigern, kann ich mir Hauptmanns „Das Friedensfest" vorknöpfen. Es in aller Ruhe lesen.

Junge, schmeiss dich aufs Sofa. Stille deine Neugierde. Ergründe, was der Schriftsteller Hauptmann dem Schriftsteller Wedekind voraus hat! Lehrmeister Hauptmann, ich komme. Was kann ich von dir lernen???

Zweite Szene

Der Sprecher mit einem Kommentar.

Während Wedekind liest, erlauben Sie mir bitte ein paar Bemerkungen. Namen sind gefallen. Der Schauspieler sagt, er sei Frank Wedekind. Ein Karl wird erwähnt. Und Gerhart Hauptmann. Alle drei historische Persönlichkeiten.

Der deutsche Schriftsteller, Dramatiker, Dichter und Schauspieler Benjamin Franklin, genannt Frank, Wedekind wurde 1864 in Hannover geboren, verbrachte seine Jugendzeit auf Schloss Lenzburg im Aargau, in der Schweiz, und lebte 1890, das Jahr aus dem Ereignisse aus seinem Leben reflektiert werden, in München.

Beim erwähnten Freund Karl handelt es sich um den ebenfalls 1864 in ebenfalls Hannover geborenen Lyriker und Schriftsteller Karl Friedrich Henckell. Wedekind und Henckell hatten sich als Kinder in Hannover gekannt, wo die Familien der beiden gelebt hatten.

1872 entscheidet sich der Vater von Wedekind, Dr. Wedekind, aus Opposition zum Wilhelminischen Kaiserreich Deutschland zu verlassen. Er kauft in der Schweiz das Schloss Lenzburg. So zieht die Familie nach Lenzburg.

Der ältere Bruder von Karl Henckell, Gustav Henckell (1859 bis 1942) kam 1885 nach Lenzburg und gründete da mit Karl Roth, die Konservenfabrik Hero (He-nckell, Ro-th), die im Juni 1886 zum ersten Mal Erbsenkonserven herausbringt. Wedekind und die Brüder Henckell sind befreundet.

Da kommt auch Gerhart Hauptmann ins Spiel. Henckell bringt Wedekind, wie Wedekind in seinem Monolog beschreibt, 1888 in Zürich mit Gerhart Hauptmann zusammen.

Gerhart Hauptmann hatte sich 1888 als Lyriker und als Autor der Novellen „Fasching" und „Bahnwärter Thiel" bereits einen Namen als Schriftsteller geschaffen. Wedekind war damals als Schriftsteller noch weitgehend unbekannt gewesen. Hauptmann festigte seinen Ruf als Schriftsteller mit den in Berlin uraufgeführten Theaterstücken „Vor Sonnenaufgang" 1889 und „Das Friedensfest" 1890.

Wedekinds Monolog, den Sie vorgesetzt bekommen, basiert auf tatsächlichen und dokumentierten Vorgängen um die genannten historischen Persönlichkeiten. Auf die schriftstellerischen Werke von Wedekind und Hauptmann und deren Veröffentlichung oder Nichtveröffentlichung wird im Monolog historisch korrekt Bezug genommen.

Der Rest ist Fantasie und Spiel. Imaginiert wird, was die damaligen Ereignisse in Frank Wedekind ausgelöst haben könnten. Dieses Spiel ist Gegenwart. Die historischen Ereignisse werden im Jetzt und Heute in heutiger Sprache reflektiert und bedacht. Das gesamte Setting ist ebenfalls reine Erfindung. Dokumentiert ist lediglich, dass Wedekind die Buchausgabe von „Das Friedensfest", die vor der Uraufführung in Berlin bereits im Mai 1890 erschienen war, gelesen hat und, wie Sie gleich erleben werden, einen Schock bekam.

Doch weiter im Text. Zurück in die Wohnung des imaginierten Frank Wedekind, der mit sich und den Verhältnissen, in denen er steckt, ringt und hadert.

Dritte Szene

Wieviel Uhr. Oh, da bleiben mir gut zwei Stunden. Ich zerplatze beinahe vor Neugierde auf das Geschreibsel von Hauptmann. Das – so hört und liest man allenthalben – als neue Richtung „literarischer Naturalismus" von Literaturexperten, Literaturpropheten, Rezensenten und Kritikern, kurz allem Literaturvieh hochgejubelt und herausgeblökt wird.

Frank Wedekind schmeisst sich auf ein Sofa und beginnt zu lesen.

Welche Wonne, sich während des Tages in freien Stunden mit einem guten Buch aufs Sofa zu schmeissen und zu lesen. So entspannend. Nun, ob „Das Friedensfest" als GUTES Buch durchgehen kann und etwas taugt?! Wir werden's sehen! Genuss ist es erstmal nicht. Pflicht des ernsthaften Schriftstellers, sich auf dem Laufenden zu halten, was die „Schmutzkonkurrenz" gerade verbricht. Verflixt und zugenäht: ich klinge wie ein griesgrämiger Missgünstling. Dabei will ich für mein Schreiben etwas lernen!

Es ist nicht jedermanns Ding, Theaterstücke zu lesen. Ich stürze mich auf Werke von anderen Stückeschreibern. Verschlinge Seite um Seite. Doch nicht, um mich zu unterhalten. Mit kritischem Geist beurteile ich, wie der Herr Kollege die Situation präsentiert, die Charaktere einführt, ob er es auch schafft, ihre dunklen Seiten, das, was sie verschweigen und überspielen, darzustellen. Ich weiss, ich bin hyperkritisch. Ich muss es sein. Mein Kritisieren ist mir Lehre. Nur so bekomme ich mit, auf was ich selber beim Schreiben achten muss.

Hauptmann, das ganze Geschrei, das um ihn gemacht wird, ist mir so etwas von gleichgültig. Mir geht's darum, seinen Stil, seine Art zu schreiben zu erfassen und zu beurteilen, um daraus für mich zu lernen. Daher lese ich flüchtig, über das übliche Geschwätz in seinem Stück hinweg.

Gedanken um Gedanken um Gedanken, wenn ich mich aufs Lesen konzentrieren möchte. Nicht abzustellendes Spontan-Gedanken-Gesumse während ich lese. Unmöglich es abzustellen. Dennoch bekomme ich das Wesentliche vom Gelesenen mit. Gedanken begleiten unwillkürlich spontan lesend Aufgeschnapptes. Ich muss diese Gedanken locker und gelassen meine Sinne durchziehen lassen. Ob ich es will oder nicht. Mein Innenleben, gegen das ich machtlos bin.

Öffnet das Buch und beginnt zu lesen, in der Folge immer wieder weiterblätternd und auch das Lesen unterbrechend.

Los geht's! Nicht die Seiten durchschnippen und kreuz und quer hineinlesen. Schön von Seite eins zu Seite zwei und so weiter. Gerhart Hauptmann. Das Friedensfest. Eine Familienkatastrophe. Hoppla. Was für eine Ansage. Familienkatastrophe. Schau, schau, Gerhart hat's tragisch im Sinn. (*lachend*) Familienkatastrophe müsste auch mein Thema sein. Wenn es mich nicht anwidern würde, über mein tatsächlich Erlebtes rumzuhecheln. Das mir in der Wirklichkeit noch immer sauer aufstösst. (*neugierig*) Was ER, der grosse Hauptmann, daraus machen wird? Ob er, der prüde Berechnende, bloss auf sozialen Ungerechtigkeiten herumpocht oder auch die drei Themen berührt, die für mich tiefer bedenkenswert sind: Psyche, Sexualität und Moral?

Weiter im Text. Bühnendichtung. So weit so gut. Ach, „Schauplatz". Oh Göttchen, wieviele Zeilen in den Regieanweisungen für die Beschreibung eines Salons in einem herrschaftlichen Anwesen. Was wie und wo herumsteht. Als ob ein Regisseur sich nicht vorstellen könnte, wie ein Salon aussieht und ob es für die Handlung überhaupt nötig ist, die Szene so üppig auszuschmücken. Unzählige Zeilen danach beim Beschreiben der der Personen und der Konstellation der Personen, die sich den Zuschauern beim Öffnen des Vorhangs zum ersten Vorgang bietet. Die Welt arrangiert als bis in die kleinsten Details definierte Kulisse. Nicht mal Wagner gibt so viele Regieanweisungen. Über die hinwegzugehen für jeden anständigen Regisseur ein Must und eine Herausforderung ist.

Putzig, dass Hauptmann wie der Teufel das Weihwasser die Abstraktion meidet. Ein naturalistisches Bild muss her. Das sogar die natürlichen Gegebenheiten in den Schatten stellt. Und da hinein müssen die Theaterfiguren gepflanzt werden. Putzig, wie der Diener Dialekt spricht. Um auch ja jedem Trottel klar zu machen, der Diener ist und bleibt ein Diener und einfacher

Mann. Figaro-Manieren, wie Beaumarchais und Mozart sie auf die Bühne bringen, sind gegen jegliche Ordnung. Hauptmanns Hang zu sozialen Fragen. Über die ich, in dieser plakativen Form, bloss lachen kann.

Ach, ein Weihnachtsbaum wird zugerichtet. Weihnachtsfest! Klar , klar – das Friedensfest. Und am Fest des Friedens die Familienkatastrophe. Wie absolut originell! Ich will mal raten: Gratulation, lieber Freund Hauptmann, zu diesem gelungenen Setting! Ein Szenario das jeder kennt. Zumindest die, die überhaupt Weihnachten feiern und sich als Theatergänger gerne von hübschen Geschichten unterhalten lassen. Familienheimatliche Gefühle werden automatisch aufgewirbelt. Spontane Explosion von eigenen, freudig begrüssten Erinnerungen. Ja, ja, das kennen wir! So lieb dem Publikum gegenüber. Ihm zu geben, was ihm Freude bereitet. Bestimmt wird bald an dieser feierlichen Weihnachtsfeier die angekündigte saftige Katastrophe über die Familie hereinbrechen. Zwischen – ich will raten – dem Vater und dem Sohn. Auch das bereitet Freude. Dann das Entsetzen der übrigen Familienmitglieder. Dass die schöne Weihnachtsgans im Ofen verbraten wird. Wenn der Streit ewig dauert. Ein Wimmelbild einer dysfunktionalen Familie. Wie dem ländlichen

Anwesen als Schauplatz zu entnehmen ist, in gutbürgerlichen Kreisen angesiedelt. Da kann ich mich als missratener Bildungsbürger bestens mit identifizieren. Hahaha! Doch irgendwie halt noch flüssig zu lesen. Nicht unangenehm. Dieser verflixte Hauptmann kann etwas. Das kann und darf selbst ich als unverbesserlicher Ironiker beim besten Willen nicht abstreiten.

Wedekind, es fehlt dir der Ernst bei der Sache. Nun, es schüttelt einen emotional, ob man es will oder nicht, schon etwas durch, sich der Konkurrenz zu stellen. Einer Konkurrenz, die erst noch gut schreibt. Erfolg hat. Das geschafft hat, was mir bisher versagt ist. Was, wenn ich sein neues Stück tatsächlich gut finde? Wenn ich erkennen sollte, dass er in seinem Schreiben etwas hat, das mir abgeht? Genau das, was Karl mir heute unmissverständlich zu verstehen gegeben hat. Unter die Nase reibt. Trotzdem, objektiv, Karls Auftritt von soeben war unfein. Eines echten Freundes nicht würdig. Nur immer mit der Ruhe. Weiter im Text.

Oh, könnte ich doch ebenso gefällig schreiben. Wie Hauptmann. Weshalb kommt es immer über mich und schreibt aus mir heraus Dinge, die die Leute schockieren und empören. Bei etwas mehr Gefälligkeit würde ich von

Theatern nicht bloss Absagen einheimsen. Dann darf man auch nie vergessen, worauf die moralisierenden Zensurbehörden des Kaiserreichs es abgesehen haben und gerade sauer reagieren könnten.

Echt, das Lesen dieses Stücks macht mir irgendwie Spass. Es ist anspruchslos. Obwohl ich selber mit der Art, wie diese Naturalisten, und eben allen voran Hauptmann, ihre Geschichten anpacken, wenig anfangen kann. Dieser Stil ist mir zu bieder, irgendwie zu gewöhnlich. Von Anfang an klar, wie die Geschichte rauskommen, enden wird.

Obacht, Wedekind, selbst du kommst nicht darum herum beim Schreiben eines Theaterstücks irgendwo im gespiegelten Realen zu beginnen. Der Ausgangpunkt meines „Frühlings Erwachen" sind die Selbstmorde meiner Schulfreunde Frank Oberlin vor sieben Jahren und Moritz Dürr vor fünf Jahren. Moritz hatte mir seinen Selbstmord angekündigt und ich hatte ihm versprochen, ein Drama darüber zu schreiben. In der Figur Moritz Stiefel gedenke ich seiner und setze ihm ein Denkmal. Bei der dramatischen Umsetzung nicht gleich zu Beginn deklarieren, aufgepasst, hier kommt ein Selbstmörder. Den Protagonisten in einen scheinbar normalen Alltag einbetten, bis dann der Schock kommt, er hat sich umgebracht. Und das Publikum darüber nachdenkt, dass es so kommen musste, nach all dem, was im Alltag gelaufen ist. Themen in „Frühlings Erwachen" sind verschiedene Situationen von Heranwachsenden, denen wenig oder Falsches mitgegebenen wird, um im Alltag zu überleben. Oder zurechtzukommen.

Wir haben uns mehrmals ganz schön gestritten. Hauptmann und ich. Hauptmann setzt auf die Allmacht der Liebe. Harmonie. Harmonie und Lieb-sein-Kitsch. Wie es seiner blasierten Überheblichkeit und seiner stutzerhaften Kleidung ziemt. Und er weiss, wie die Welt verschraubt ist. Schliesslich ist er zwei Jahre älter und gescheiter als ich. Diesen Vorsprung hat er. Das schleckt keine Geiss weg! Schlussendlich ist und bleibt er der Erfolgreiche von uns beiden.

Hauptmann hatte meinen Einwurf, dass die Liebe ein Gefängnis ist, ganz schön abgekanzelt. Wollte nicht wahrhaben, dass in jedem Mensch ein kleiner Egoist steckt. Und das auch gut so ist. Nimmt mir nicht ab, dass ich es mit meinen Aussagen / Bedenken ernst meine. Nennt mich lachend einen Zyniker und doziert weiter herzzerreissend über das, was Liebe bewirkt. Gutmütig wie ich nun mal bin, lasse ich mir seine

Reden gefallen. Lasse sie über mich ergehen. Studiere derweil interessiert und amüsiert den Mensch Hauptmann, der so daherredet und redet und redet. Studiere seine Mimik, die eher ausdruckslos ist. Etwas Verbissenes hat. Seine Haltung, seine Bewegungen. Mir scheint, dass sein zwanghaftes Dozieren nicht Zeichen von Sicherheit ist. Eher des Gegenteils. Und das macht ihn mir so menschlich allzu menschlich. Dass ich ihm nichts übel nehmen kann. Dass ich ihn echt mag. Er ging über meine ironisch formulierten Einwürfe hinweg. Das scheint überhaupt mein Schicksal zu sein. Die Leute ergötzen sich an meinen ironischen Bemerkungen. Wollen aber nicht wahrhaben, dass ich es ernst damit meine.

Hauptmanns Friedensfest-Familien-katastrophe nimmt Formen an. Was lese ich da! Ach, Sohn Wilhelm soll seinen Vater geschlagen haben. Wird in Frauenrunde getratscht. Er, der noch, und das seit sechs Jahren, abwesend ist, doch zum Fest erwartet wird, mit seiner Verlobten. Er soll sehr unter dem Geschehenen gelitten haben. Noch immer darunter leiden. Akkurat beschrieben. Kann ich nachvollziehen. Ich hatte selbst ja Analoges erlebt.

Da, schau, schau, schau. Zur Damenrunde gesellt sich „Dr. Scholz tritt durch die Glastüre".

Wart mal, unendliche Beschreibung der Figur, seines Gehabens, seiner Kleidung. „Zum Schnäuzen verwendet der Doctor ein grosses, türkischen Taschentuch." Wie soll ich erkennen, dass das Taschentuch, in das der Doctor sich schnäuzt, ein Türkisches ist?! Was soll es besagen. Weltläufigkeit des Benutzers demonstrieren. Na ja, und dann endlich darf er seinen Schnabel öffnen. „Dr. Scholz: Servus! Servus!" Nach langer Abwesenheit kehrt der sterbenskranke Arzt zurück zu Frau, Tochter und dem andern der beiden Söhne..

Der Sohn Robert. Oha. Bös, böser am Bösesten. Bei den Worten, die Herr Hauptmann dieser Bühnenfigur in den Mund legt, überschlägt er sich an Naturalismus. In Natura wird selbst ein böser Mensch nie diesen Wust von bösen Sprüchen auf einmal loslassen. Braucht es auch im Theaterstück nicht wirklich, um auch ja jedem Trottel klar zu machen, das hier ist ein böser Mensch. Da wird Hauptmann gleichsam zum Übernaturalisten. Ein Sohn also, Wilhelm, schlägt den Vater und reisst aus. Der andere Sohn, Robert, ist ein von Grund auf böser Mensch. Dann die schwierige Mutter, die schwierige Schwester. In dieser Familie dräut es. Es dräut. Es dräut.

Zweiter Vorgang. Regieanweisungen um Regieanweisungen um Regieanweisungen – gut. Das ist nun mal Hauptmanns Art. Ach, der verlorene Sohn, Wilhelm, und seine Verlobte. Wilhelm, der pathetisch Leidende, schüttet seiner Verlobten zum ersten Mal sein Herz aus. Dieses Klagen und Jammern ... Ha, hier kommt Schwung in die Schose. Ida gibt das Stichwort. „Wenn Du doch nur deutlich sein könntest, Wilhelm! Es muss doch – hier etwas Furchtbares passirt sein, was ...". Dann Wilhelm: „Hier? Ein Verbrechen! Um so furchtbarer, weil es nicht als Verbrechen gilt. Man hat mir hier mein Leben gegeben und hier hat man mir dasselbe Leben – zu Dir gesagt – fast möchte ich sagen: systematisch verdorben – bis es mich anwiderte – bis ich daran trug, schleppte, darunter keuchte wie ein Lasttier – mich damit verkroch, vergrub, versteckte, was weiss ich – aber man leidet namenlos – Hass Wuth, Reue, Verzweiflung – kein Stillstand! – Tag und Nacht dieselben ätzenden, fressenden Schmerzen." (*zitiert nach Gerhart Hauptmann, Das Friedensfest, Erster Vorgang*) Da... da ... das si... si... sind... mei ... mei ...meine Worte. ... Das sind haargenau meine Worte! Genau das und so hatte ich es damals Hauptmann, meine Zurückhaltung überwindend und endlich einmal auszusprechen, was mich bedrückt und kaputt macht, anvertraut. Wie zuvor Karl. Mit schlechtem Gewissen. So über meine Familie herzufallen. Und vor allem auch, den schlimmsten Moment in meinem Leben zu gestehen.

„Ein Verbrechen! Um so furchtbarer, weil es nicht als Verbrechen gilt. Man hat mir hier mein Leben gegeben und hier hat man mir dasselbe Leben – zu Dir gesagt – fast möchte ich sagen: systematisch verdorben – bis es mich anwiderte – bis ich daran trug, schleppte, darunter keuchte wie ein Lasttier – mich damit verkroch, vergrub, versteckte, was weiss ich – aber man leidet namenlos – Hass Wuth, Reue, Verzweiflung – kein Stillstand! – Tag und Nacht dieselben ätzenden, fressenden Schmerzen." Wortwörtlich. Ich erinnere mich klar. Das hatte ich und genau mit diesen Worten dem Freund Hauptmann im Vertrauen über meine Kindheit zuhause und meinen brachialen Angriff auf meinen Alten anvertraut. Hauptmann kritzelte MEINE Worte während ich rede und rede in sein Notizbüchlein. Um MEINE Worte dann hier …

(*freudig erregt und lachend*) Ich kann's nicht fassen. Hält Hauptmann meine Geschichte für so beachtlich, so wichtig, dass er ein Stück darüber schreibt. (*weiterhin belustigt*) Er stiehlt mir meine Geschichte und die Geschichte meiner Familie. Auf, auf zur Polizei! Strafanzeige deponieren.

Hauptmann muss geköpft werden. „Das Friedensfest" schlägt bei mir wie ein Blitz aus heiterhellem Himmel ein. Das muss gefeiert werden!

(*weiterlesend ruhig monologisierend*) Was Wunder, konnte ich mich mit dem Setting in diesem Stück spontan identifizieren. Es ist genau das Setting um mich und meine Familie. Wie ich es Hauptmann verschämt und zögernd geschildert hatte. Einen Dritten einzuweihen, ist irgendwie ein Verrat an der eigenen Familie. Daher die Scham und gleichzeitig, in dem Moment, diese sagenhafte, wohltuende Erleichterung. Mir das mich Bedrückende wie selbstverständlich von der Seele reden zu können. Ganz nach dem Motto, wess das Herz voll ist, läuft der Mund über. Und dieser Teufel von Hauptmann übernimmt das, was ich ihm an Intimstem und Höchstpersönlichstem anvertraute, mit meinen Worten, an die ich mich sehr wohl erinnere, in die Dialoge in seinem Theaterstück. Nicht mal als Zitat vermerkt. (*amüsiert*) Plagiat! Plagiat! Meine Worte. Mein Innerstes, Intimstes gibt ER Preis.

Seine eigene Geschichte zu lesen, die von einem anderen pathetisch aufgemotzt und verbrämt erzählt wird, belustigt. Wie dieser andere sich ausmalt, dass der Vater und der Sohn, welch letzterer ich bin, sich sechs Jahre nach dem tätlichen Übergriff zum ersten Mal gegenüberstehen. Stotternd unbeholfen. Wie weder ich bin, noch mein Vater zu seinen Lebzeiten je gewesen war. Nach Hauptmann sollen wir schlotternd nach Worten gerungen haben. Dass ich nicht lache! Nun gut, als Figuren im Theaterstück sind wir beide, mein Vater und ich, richtig lieb zueinander, damit der Auftritt möglichst in die Länge gezogen werden kann. Hübsch, wie die beiden Figuren die längste Zeit nicht merken dürfen, wie gut sie sich von Anfang an bereits sind. Erst nach endlosem Hin und Herr endlich dürfen sie sich in die Arme fallen und sich gegenseitig ihre Liebe gestehen. So lieb. Getragen von theatralischer Liebe. Eine Szene für Götter! Unter wirklichen Menschen, das kann ich als der, der das, auf dem die Szene basiert, tatsächlich erlebt hat, bezeugen, geht es in der Wirklichkeit um Einiges nüchterner / unsentimentaler zu.

Geschickter Dreh, dass er meine Person in seinem Stück auf zwei Figuren, die Brüder Robert und Wilhelm aufgeteilt, porträtiert. Robert stellt er als böse dar. Klar, der humorlose Hauptmann kann mit meiner ironischen Seite nichts anfangen, geschweige denn die Figur, die ich sein soll, als Ironiker beschreiben. Auch meine angeborene

Geselligkeit scheint Hauptmann aufzustossen. In der Figur des Wilhelm zeichnet er mich als einzelgängerische Heulsuse. In der Figur des Robert als abgrundtief böser Mensch. Putzig. Und amüsant, sobald man den Mechanismus zu durchschaut. Die Leute werden schon sehr bald spitz kriegen, dass in den Figuren Robert und Wilhelm ich porträtiert bin. Oder haben es bereits spitz gekriegt. Hast du schon mitbekommen, wie schonungslos Hauptmann im „Friedensfest" die Verhältnisse bei den Wedekindens beschreibt! Im Nu wird es dann die ganze Welt wissen. Okay. (*lachend*) Im zweiten Vorgang sehen sich die beiden Brüder bei ihrem ersten gemeinsamen Auftritt nach langer Zeit zum ersten Mal wieder und fallen sich um die Hälse. Doch im dritten Vorgang bei ihrem zweiten gemeinsamen Auftritt, wie überraschend und theatralisch, kanzelt Robert Wilhelm böse ab. Während Wilhelm es fassungslos über sich ergehen lässt.

(*mit einem Mal ernsthaft*) Halt, halt, jetzt wird's echt ätzend. Untersteht Hauptmann sich doch, Robert mit dem Beruf als Werbetexter zu inszenieren. Und dieser Robert macht sich über seinen Beruf und seine Tätigkeit lustig. Das geht zu weit! Damit überschreitet Hauptmann klar eine Grenze.

Gemein! So gemein! Robert sagt zu Wilhelm: „Sieh mal, ich gehe jetzt in ein kleines, geheiztes Comptoirchen, setze mich mit dem Rücken gegen den Ofen – kreuze die Beine unter dem Tisch – zünde mir diese --- selbe Pfeife hier an und schreibe – in aller Gemütsruhe hoffentlich, solche … na, Du weisst schon, solche Scherze … solche Reclamescherze: Afrikareisender … nahe am Verschmachten, na … und da lass ich denn gewöhnlich eine Caravane kommen, die unseren Artikel führt. – Mein Chef ist sehr zufrieden – es geht durch den Inseratentheil aller möglichen Zeitungen …" (*zitiert nach Gerhart Hauptmann, Das Friedensfest, Dritter Vorgang*)

Hauptmann kennt meine Geschichte. Und nun lässt er den Hallodri Robert wie ein Nichtsnutz in der Werbung herumwuseln. Hauptmann geht es gegen den Strich, mich als Schriftsteller zu zeichnen. Er benutzt den Job, den ich aus Verlegenheit einmal ausgeübt hatte, um mich lächerlich zu machen. Um mir auch ja zu zeigen, was er von mir als Schriftsteller hält. Er versetzt mir in böser Absicht einen Tritt ans Schienbein. Der Tritt schmerzt. Ich verkneife mir ein lautes Aufjaulen, doch der Schmerz ist da.

Freundchen, da hört der Spass auf. Da verstehe ich keinen Spass. Wenn einer sich über meine ehemalige, kurzfristige und ernsthafte Anstellung bei Maggi als Werbetexter, wovon alle meine Bekannten wissen, lustig macht.

Vierte Szene

Zweiter Kommentar des Sprechers.

Dokumentiert ist, dass Wedekind – und nicht nur er, auch andere in seinem Umfeld – erkannte, dass Hauptmann in seinem „Das Friedensfest" ihm von Wedekind unter dem Siegel der Verschwiegenheit Anvertrautes verwendet, dazu ein Setting wählt, das für Eingeweihte klar die Familie Wedekind darstellt. Dokumentiert ist ebenfalls, dass Wedekind darauf reagiert. Wie genau Wedekind und auf welche einzelnen, konkreten Textpassagen in „Das Friedensfest" reagiert hat, ist nicht dokumentiert.

Herausgepickt aus dem Text von „Das Friedensfest" wird ein Detail, das sich klar auf Wedekind bezieht, nämlich die im Stück etwas lächerlich gemachte Tätigkeit in der Werbung.

1886 /87 agiert Wedekind als 22-Jähriger während acht Monaten als „Vorsteher des

Reklame- und Pressbüros der Firma Maggi" und revolutioniert die Brühwürfelwerbung.

Dazu kommt es folgendermassen: Gustav Henckell, wie bereits erwähnt Mitbesitzer der Hero Konservenfabrik und der Bruder von Wedekinds Freund Karl, kannte Julius Maggi, geboren 1846, der 1869 von seinem Vater die Hammermühle Kemptthal bei Winterthur übernommen und ab 1882 Suppenkonzentrate und 1886 die Maggi-Würze auf den Markt gebracht hatte. Als Julius Maggi 1886 einen Werbetexter benötigte, gelangte er an den Bruder seines Bekannten, Gustav Henckell, den jungen Dichter Karl Henckell. Dieser lehnte ab, empfahl aber seinen Freund Wedekind.

Wedekind wiederum befand sich damals in einer finanziellen Krise. Weil er das ihm von seinem Vater aufgezwungene Jura-Studium schleifen gelassen hatte, strich der Vater ihm die finanzielle Unterstützung. Somit war Wedekind auf eine Erwerbsarbeit angewiesen und war froh, dass das Angebot von Maggi für ihn im richtigen Moment kommt. Er nimmt die Stelle an.

Er soll die Werbung mit seinen frechen und übermütigen Reklametexten à zehn Zeilen, an denen er von früh bis spät arbeitete, revolutioniert haben. Bis er offensichtlich ausgelaugt war und seiner Mutter betreffend die Kündigung geschrieben haben soll, er wäre in der Stellung, in der er mit Leib und Seele verschachert war, zu Grunde gegangen.

Fünfte Szene

(*erregt*) Freundchen, da hört der Spass auf. Wenn einer sich bemüssigt fühlt, sich über meine Anstellung bei Maggi als Werbetexter lustig zu machen. Und dieser Eine erst noch ein BERÜHMTER Schriftsteller ist, der mich, den erfolglosen Schriftsteller, mit seinen oberflächlichen Worten in die Pfanne haut! Der Blitz hat eingeschlagen. Der Blitz, den du mit deinem „Das Friedensfest" gegen mich losgeschossen hast, zeigt mich im Blitzlicht splitterfasernackt. Wut, Zorn!

Wedekind steht auf, geht, das Buch in Händen haltend, erregt auf und ab.

Hauptmann hat gut reden. Durch seine Heirat mit einer reichen Frau braucht er sich um Geld keine Sorgen mehr zu machen. Während ich damals irgendeine Erwerbsarbeit machen musste, um zu überleben. Doch Werbetexter bei Maggi ist nicht irgendeine beliebige Arbeit. Vor allem keine Arbeit, bei der man in Gemütsruhe Scherze treibt.

Meine Schriftstellerei hat mir mit viel Schweiss, Tränen und Imagination geholfen, die Werbung für die Firma Maggi grell aufblitzen zu lassen und geradezu zu revolutionieren. Statt schöngeistiger Literatur, Gebrauchsliteratur eben. Das war eine grosse Sache gewesen. Hat mich während neun Monaten in Beschlag genommen UND erfüllt. Ohne dass ich mich als Schriftsteller zu verleugnen brauchte. Das soll ein Hauptmann mir erst mal nachmachen. Bevor er diese Tätigkeit so respektlos beschreibt und lächerlich macht.

Dieser Tölpel hat nicht die geringste Vorstellung, was wahrer Lebensalltag bei Normalsterblichen ist. Sonst hätte er keine solche Kitsch-Tragödie wie „Das Friedensfest" geschrieben. Die von ihm zum eigenen Ruhm missbrauchte Geschichte meiner Familie ist hochdramatisch. Hauptmann untersteht sich, das, was ich ihm als Geheimnis über meine einzelnen Familienmitglieder in einer schwachen Stunde anvertraut hatte, in aller Öffentlichkeit an die grosse Glocke zu hängen. Meine Familienmitglieder und mich ohne Not richtig böse zu karikieren und damit der Lächerlichkeit preiszugeben.

Wedekind wirft sich wieder aufs Sofa und liest weiter.

(*ruhig kommentierend*) So pathetisch, diese Schein-Katharsis. Robert wirft Wilhelm an den Kopf, er müsse damit leben, durch seine miese Herkunft ein schlechter Mensch zu sein und er dürfe Ida, seine Verlobte, nicht da hineinziehen. Er müsse von ihr lassen. Robert ab. Auftritt Ida. Die vor Liebe überquillt. Ihn bedingungslos liebt und haben will. Wilhelm, zuvor fest entschlossen, auf Ida, seine Liebe, zu verzichten, wird weich und wird wohl bei Ida bleiben. Und der böse Vater segnet das Zeitliche. Endloses pathetisches Geschwätz und zum Schluss Sieg der Liebe. Ein Hohn für die Bretter, die die Welt bedeuten! Howgh, ich habe gesprochen!

Wedekind steht auf und wirft das Buch in eine Ecke. Steht sinnierend in der Wohnung.

Nur gut, dass ich nun weiss, welches Schelmenstück der gute Hauptmann sich da geleistet hat. Information ist alles. Damit man gewappnet ist. Für das Gerede, das mit diesen Indiskretionen über mich und meine Familie unweigerlich losgetreten ist.

Weil alle davon redeten, dass Hauptmann schon wieder ein neues Stück in petto hat und es sogar aufgeführt wird, war ich nicht umhin gekommen, davon zu wissen. Den Kopf gefüllt mit eigenen Ideen für mein neustes Stück mag ich mich nicht um jeden Furz von anderen kümmern. Um ehrlich zu sein, hat mich ein neues Stück von Hauptmann nicht interessiert. Klar, man beneidet den, der Erfolg hat, doch dieser Neid zieht vorüber und man beschäftigt sich mit seinen eigenen Dingen. Ich wäre nie darauf gekommen, mich schlau zu machen, ob Hauptmanns Stück bereits in Buchform erhältlich ist. Geschweige denn, es mir zu kaufen.

Wedekind hebt das Buch wieder auf, steht still und monologisiert.

Der gute Karl kennt das Stück. Er durchschaut sofort, dass meine Familie und ich für weite Kreise erkennbar darin durch den Dreck gezogen werden. Er erkennt sogleich, dass ich, der ich etwas nachlässig bin und mich um gewisse Dinge nicht kümmere, den Inhalt von „Das Friedensfest" kennen muss, bevor das Getratsche rundherum losgeht. Ohne ihn wäre ich ahnungslos geblieben. Hätte von nichts gewusst.

Schuppen fallen mir von den Augen. DU MUSST ES WISSEN. Tatsächlich! Ich muss es wissen. Um für alle Eventualitäten gewappnet zu sein.

Dass ich die Situation vorhin bloss so falsch einschätzte!!! Einschätzen konnte. Karl will mich keineswegs fertig machen und als Niete hinstellen. Er will mich schützen. Er warnt mich, dass etwas, von dem ich noch nichts weiss, mich betrifft. Und wie betrifft!!!

Karl ist ein wahrer Freund. Und Hauptmann verrät mich. Stiehlt mir die Geschichte, die alleine mir gehört. Indem er meine intimen und persönlichsten Bekenntnisse, die ich ihm anvertraut hatte, zum Gegenstand eines Theaterstücks macht. ER, der berühmte Hauptmann, ist EIN FALSCHER FREUND.

(lachend) Sei's drum! EIN FALSCHER FREUND Hauptmann setzt mir ein Denkmal zu Lebzeiten. Ich müsste ihm dankbar sein. Doch bin ich dem dankbar, der mich unverzüglich auf das neue Denkmal, von dem ich – noch – nichts weiss, aufmerksam macht. Er ist der wahre Freund. Entschuldige, mein lieber Karl, dass ich dich so arg verdächtigt hatte.

Und in wenigen Tagen wird „Das Friedensfest" im fernen Berlin, wo ich in den Literaturkreisen durchaus bekannt bin, Premiere haben. Hauptmann wird umjubelt werden. Und meine Wenigkeit wird dabei auch ins Gerede kommen. Ich müsste Hauptmann dankbar sein, dass er mir diese Aufmerksamkeit so unverhofft und selbstlos verschafft.

Weshalb zum Teufel überfällt mich dieser Lachanfall. Anstatt dass ich in Wut und Zorn über diesen respektlosen und frechen Verrat überborde???!!! Ich habe „Das Friedensfest", das bei mir wie ein Blitz bei einem Unwetter eingeschlagen hat, mit Amüsement überstanden. Der Blitzschlag hat mich bloss kurz straucheln gemacht. Kein Schaden ist entstanden. Was bleibt? Ich schüttle mein weises Haupt darüber, wie ein vermeintlicher Freund und Schriftstellerkollege einem anderen ans Bein pinkeln kann. Kopf hoch! Schwamm drüber!

Shit, ich muss mich sputen. Mich auftakeln. Ich will vor dem Dramaturgen dieses Theaters nicht wie der letzte Trottel erscheinen. (*schmeisst das Buch in eine Ecke*) Da gehörst du hin, unseliges Buch! Hingeschmissen auf den Boden in eine fernste Ecke meines Studierzimmers. Los, los! Duschen. Rasieren! Und dann …

Sechste Szene

Frank Wedekind rennt die Treppe im Haus runter, verlässt das Haus, ist mitten im Grossstadtgetriebe. Geht durch die Stadt, nimmt ein Tram.

Raus aus dem Haus! Frische Luft. Atmen. Die Gedanken schweifen lassen. Herrlich, draussen rumzugehen. Maulaffen feilhalten.

Hansdampf in allen Gassen. Fröhlich, beschwingt. Neugierig. Das Dasein als Flaneur geniessen. Blitzgedanke: Falls Karl mich besucht und sieht, dass ich das Buch in eine Ecke geschmissen habe, was muss er dann über mich denken? Ich hätte das Buch unbedingt aufheben sollen. Für den Fall, dass Karl mich am Abend besuchen kommt. Blöder Gedanke! Genügend Zeit. Geniessen. Flanieren. Schau um dich. Nimm Dinge wahr, die – obwohl schon immer da – dir zum ersten Mal auffallen.

Weshalb, zum Teufel, will es mir jetzt um nichts in der Welt gelingen, neugierig um mich zu schauen. Ruhig vorüberziehende Anblicke aufzuschnappen. Überraschende Wahrnehmungen zu geniessen. Ständig blitzen Erinnerungen, Spontanideen oder was auch immer in mein Bewusstsein und stören das schwelgerische Geniessen. Vernünftig wäre es, sich dem, was aktuell um einen herum ist, voll hinzugeben und es möglichst zu geniessen. Mit meiner nicht abzustellenden Denkmaschinerie scheine ich, ohne es zu wollen, ein Amateur der Unvernunft zu sein. Dennoch, ich kann / darf mich den aufblitzenden Gedanken nicht verweigern. Diese verflixte Hauptmann-Geschichte lässt mich einfach nicht los. Scheint gedanklich noch nicht archiviert zu sein. Flattert frei in meinem Kopf herum. Bemühe dich, als Vernunftmensch, unnötige Emotionen auszuschalten. Positive Aspekte zu erkennen. Selbst wenn sie unvernünftig sind. Doch die Stimmung heben. Hoch lebe die Unvernunft. Sie eröffnet neue Wege. (*pfeift*) Uiii, dieses Gebäude habe ich noch nie bewusst wahrgenommen. Dabei ist es echt so schön. Ein Bijoux!

(*tratschig karikierend*) Habt ihr schon gehört, in „Das Friedenfest" schreibt Hauptmann die Wahrheit über Wedekind und seine Mispoke.

Hahaha! Tratsch und Klatsch. Nicht ärgern, Wedekind! – Tratsch ist Aufmerksamkeit. Ungeahnte Aufmerksamkeit. Ein Teil dieser Tratschenden wird vielleicht sogar neugierig auf mein Werk. Mit einem Mal beginnen Leute sich zu fragen, was Wedekind tatsächlich schreibt. Werden neugierig. Theater, die mich bis anhin ignorierten, beginnen sich auszurechnen, dass es mit dieser Publicity möglich ist, mit Wedekinds Stücken Interesse zu erwecken. Und sie lancieren meinen „Der Schnellmaler oder Kunst und Mammon". Mit Erfolg. Und sie reissen mir aus der Hand, was ich schreibe ...

Was stiert dieser Typ mich so an? Als ob ich Hörner hätte. Kaum bemerkte ich seinen auf mir ruhenden Blick, wendet er ihn abrupt von mir und meiner Birne ab. Als ob nichts ist. Blicke von anderen sind Blicke. Bloss kurzer Blickkontakt ohne Bedeutung. Oder musternder, kritischer Blick.

(*plötzlich aufgeregt, mit einem hörbaren Einatmen*) Vor dem Verlassen des Hauses hatte ich zuhause meine Mütze vielleicht etwas zu stutzerhaft schräg auf meinen Kopf aufgepflanzt. Dieser Fremde dort hat mich im Vorübergehen angeschaut. Offensichtlich gestutzt und weggeschaut. Hat sich wohl gedacht, lächerlich, wie dieser Typ seine Mütze so stutzerhaft aufgesetzt hat. Greife ich jetzt zur Mütze, setze sie mir anders auf den Kopf, werden die Leute denken, was ist in ihn hineingefahren.

Diese plötzliche Verlegenheit. Und ich erröte. Knallrote Birne. Dass ich mich durch einen mich kurz streifenden Blick aus dem Konzept bringen lasse. Ob ich es will oder nicht. Mich schäme. Eine Scham, gegen die keine Ironie ankommt. Wedekind, lass dich nicht runterkriegen. Selbst, wenn die ganze Welt über dich und dein Leben böse tratschen sollte, lasse dich nicht runterkriegen. Stelle dich dem, was geschehen ist. Als ob nicht Hauptmann und sein Geschreibsel das Problem ist. Doch die Vorstellung, dass die Leute, die Leute, die Leute über dich hinter deinem Rücken tratschen. Dich anschauen. Du blutrot anläufst. Ob dessen, was du dir vorstellst, dass die Leute über dich denken, reden …

Scheiss auf deine Einbildung von dem, was die anderen allenfalls über dich denken! Ihre wahren Gedanken kennst du nicht. Sie gehören alleine ihnen. Und beeinflussen dein Dasein in keiner Weise. Illusionen der anderen. Scheiss drauf.

Tanze, singe, fühl dich wohl in deiner Haut. So, wie du bist. Bloss nicht, ohne es zu wollen, hier in der Öffentlichkeit vor aller Augen zu tanzen und zu singen beginnen. Einen Idioten aus mir machen. Ein bisschen hüpfen. Um nicht stur selbstvergessen vor sich herzugehen. Von Zeit zu Zeit etwas hüpfen.

Wenn ich als Kind in der Gegenwart meiner Eltern vor Freude über etwas ausgelassen zu hüpfen begann, wiesen sie mich immer gleich zurecht. Als ob ich mich durch das Zeigen meiner Gefühle in der Öffentlichkeit lächerlich machte, mich dabei unangemessen verhalte. Führe dich anständig auf! Gefühle zeigt man nicht. Schäme dich!

Zu hüpfen und Freude ausgelassen zu zeigen, irritiert Eltern, die Grossen, die Autoritäten. Doch nicht nur sie. Selbst Freunde. Damals, als ich in Berlin zusammen mit Karl eine Theateraufführung besucht hatte, von der ich total begeistert gewesen war. Als ich nach der Aufführung schwärmte, setzte Karl meiner Begeisterung einen Dämpfer auf mit der Bemerkung, übertreibe bitte mit deiner Begeisterung nicht so sehr. Mit deiner Gefühlsexplosion setzt du mich unter Druck. Klar, ihm hatte das Stück nicht so gefallen. Damit war die Diskussion darüber erledigt gewesen. Und ich stehe wie ein begossener Pudel da. Schäme mich. Glaube spontan, etwas falsch gemacht zu haben. Beziehe die Dissonanz auf mich. Anstatt dass ich nüchtern feststelle, ich freue mich. Karl kann meine Freude nicht teilen. Schade. Doch ändert das nichts daran, dass ich mich freue. Ich wäre ja blöd, meine harmlose Freude zu verhehlen, bloss weil sie ihn irritiert. Aus Gründen, die ich nachvollziehen kann, doch nicht teile. Die Geschmäcker sind eben tatsächlich verschieden. Und das ist auch gut so.

Etwas komplexer präsentiert sich die Situation schon, wenn nicht Freude, doch Wut aus mir herausspringt. Wenn ich einen Schreikrampf kriege. Wüte und um mich schlage. Ein Tanzen und Singen in anderen Farben. Doch gleich spontan aus mir heraus drängend. Wie die Freude, wird die Wut gestisch und mimisch umgesetzt und gezeigt. Mit dem Zeigen wird es heikel. Ich mache Kapriolen, die andere, wenn sie Zeugen meiner Gefühlsausbrüche sind, sehen. Die Krux ist, man möchte unbedingt nicht eine schlechte Falle machen. Sich lächerlich machen …

Objektiv betrachtet sind meine spontanen Gefühlsaufwallungen lächerlich. Wenn ich von Gefühlen geschüttelt und gerüttelt werde. Insbesondere wenn es aus mir heraus unkontrolliert schreit und wütet. Sobald ich realisiere, welchen Spektakel ich da wieder biete, ist es mir total peinlich. Und, ja, ich schäme mich. Denke spontan, du bist ein Arschloch, dass du dich so gehen lässt. Dich überhaupt nicht beherrschen kannst.

Wenn ich Karl blindwütend zum falschen Freund erkläre. Und erst noch aus einer falschen Annahme heraus. Wenn ich Hauptmann aus Zorn, sogar mit echtem Grund, zum falschen Freund erkläre. Beides hatte seine Berechtigung.

Es drängte raus. Mich in diesen Situationen zu beherrschen und Pokerface zu zeigen, wäre verlogen. Käme einer nicht entschärften Bombe gleich. Ich muss und will für meine Gefühlsausbrüche dankbar sein.

(*ironisch*) Man sollte tunlichst vermeiden, einen Tag mit „Das Friedensfest" zu beginnen. Das regt bloss auf. Und doch liegt ein gewisser Reiz darin, das zu tun, was etwas Aufregung in den Alltag bringt. Was man unbedingt nicht tun sollte. Der Unvernunft zuzwinkern. Ihr bedingten Einlass gewähren. Wie figura zeigt, hat die frühmorgendliche Konfrontation mit „Das Friedensfest" mich nicht aus den Socken gehauen. Ein prüfender Blick. Ja, ja, meine Füsse stecken nach wie vor in den weissen Socken, die die nackten Füsse von den Schuhen trennen. Ich habe objektiv etwas erlebt. Das ich überstanden habe. Und ich bin erst noch etwas gescheiter geworden. Gescheiter werden. So verdammt bürgerlich. Ich will nicht gescheiter werden. Ich will, ich will, ich will … Ja, was will ich eigentlich.

Ein berühmter Schriftsteller werden wie Hauptmann? ICH WILL SCHREIBEN. Ich will mich nicht dafür schämen, dass ich schreibe.

(*lachend*) Schon wieder! Scheiss drauf, was die anderen über mich und mein Schreiben denken.

Jetzt will ich über mein neues, im Entstehen begriffenes Stück nachdenken. Ich will vorwärts kommen. Das Setting steht. Die Figuren sind entworfen. Nun muss ich ihnen Leben einhauchen. Die Figur Moritz in meinem Stück wird von Scham gepeinigt, für sein Dasein, sein Sosein. Ich distanziere mich von meiner eigenen Erfahrung, projiziere sie in diese Bühnenfigur und hoffe, für ein Publikum meist unsichtbare, doch fatale Regungen sichtbar zu machen. Für mich ein Verarbeiten meiner eigenen Erfahrungen. Mit jeder Zeile, nicht nur in diesem Stück, die ich schreibe, nähere ich mich meinem wahren Sein und Denken. Möchte Erfahrungen weitergeben, die für mich …

Wedekind, du bist ein schreibender Clown. Gegen aussen hin meist, wenn du nicht gerade einen Wutanfall kriegst und wie von Sinnen schimpfst, angepasst höflich mit breitestem Grinsen. Dein Inneres besteht aus einem Sammelsurium von Schnapsideen, Schnapseinfällen, Schnapserinnerungen und Schnapsassoziationen. Was Wunder, dass du bisweilen befürchtest, endgültig durchzudrehen. Immer dann, wenn du ahnst, in deiner Umwelt unter die Räder kommen zu können. Kant, der gescheite Mann aus Königsberg, hat dich in seiner „Metaphysik der Sitten" vielleicht bereits erfasst: „Wer sich zum Wurm macht, kann nachher nicht klagen, dass er mit Füssen getreten wird." Du bist klar kein Wurm. Du bist das Paradebeispiel eines unverbesserlich herumwirbelnden Geschichten-erdenkers. Folgerichtig Geschichtenerzähler ohne Grenzen. Als storytelling animal, als was Salman Rushdie den Menschen bezeichnet, erfährst du etwas über Menschen, vor allem aber über dich. Du erforschst dein Leben. Das Diktum von Sokrates dir zu Herzen nehmend: „Das unerforschte Leben ist nicht lebenswert." Du willst den unerfindlichen, verschlungenen Wegen ahnend, vermutend auf die Spur kommen. Den Wegen, die dein Wissen und Empfinden vielleicht bewirkt haben. Vielleicht solltest du dich wieder einmal in „Das Prinzip Hoffnung" von Ernst Bloch stürzen. Du besitzt es in einer zerlesenen, dreibändigen Taschenbuchausgabe, die du 1985 erstanden hattest. Du musst dieses Kapitel wieder finden, in dem er Tagträume als genauso bedeutsam und interpretierbar herausstreicht wie die Nachtträume. Dir ist nicht mehr präsent, was er zu dieser Feststellung noch geschrieben hat. Es drängt dich, dich darüber wieder einmal schlau zu machen. Du willst Anregungen zum Bedenken deiner Tagtraum-Geschichten erhalten. Zusätzlich treibt es dich bisweilen, das flüchtig Gedankliche Wort für Wort, schwarz auf weiss festzuhalten. Um es präzise, wohlformuliert zu erfassen.

Hauptmann, echt, du bescherst mir einen gedanklich und emotional recht vergnüglichen Morgen. „Das Friedensfest" kann und will ich nicht beurteilen. Das steht mir nicht zu. Es bringt nichts, wenn ich gegen Passagen in deinem Stücks wettere, die mir sauer aufstossen. Sei du, wie du bist. Ich bin ich. Und durch das Gefühlsgewitter heute früh bin ich gut in Schwung und gerüstet, um dem Verlag, bei dem ich in zwanzig Minuten erwartet werde … Zeitlich bin ich gut dran. Werde sogar das Anstandsviertel zu früh dort sein und in gesitteter Höflichkeit warten. Dann dort mein Werk, MEIN WERK – lieber FALSCHER FREUND und Arschloch Hauptmann – möglichst geschickt anpreisen. Diesmal hoffentlich erfolgreich. Ich werde tiefstapeln und mich schüchtern geben. Das wird ziehen.

(*plötzlich nachdenklich*) Nicht bloss ich weiss von Hauptmanns Verrat an mir und meiner Familie. Karl hat das Skandalöse bezüglich meiner Person und meiner Familie in „Das Friedensfest" sogleich erkannt. Hatte es für notwendig erachtet, dass ich sofort davon erfahre. Wenn Karl es weiss, werden auch andere, werden viele Leute, wird die halbe Welt sich schon bald die Münder zerreissen über mich und die Verhältnisse in meinem Elternhaus. Ich werde von Hauptmann als Gewalttäter hingestellt, der seinen Vater zusammengeschlagen hat und dann wimmernd um Vergebung bettelt. Meine Eltern werden als schreckliches Ehepaar porträtiert. Mein Elternhaus als wahre Hölle, aus der nichts Gescheites hervorgehen kann. Sehr wohl denkbar, dass die dysfuntionalen Wedekinds im Kulturkuchen Thema Nummer eins werden.

Wo immer ich künftig auftauche, ist das, was Hauptmann in „Das Friedensfest" angerichtet hat, als wahrste Wahrheit präsent. Ich werde es daran spüren, wie die Leute sich mir nähern, mich anschauen, mit mir kommunizieren. Vorbei die Zeiten, in denen ich unbeschwert, beschwingt und neugierig auf Leute zugehen konnte. Von nun an nagt immer dieses Schamgefühl an mir, dass die

Leute etwas sehr Intimes und mich schrecklich Drangsalierendes über mich wissen könnten …

(*melodramatisch*) Diese Scham, die mich gegen meinen Willen einknicken lässt und der mit Ironie alleine nicht beizukommen ist. überschattet somit sehr wohl mein Leben und meinen Alltag in der Öffentlichkeit. Der reine Wahnsinn. Ich weiss nicht, was ich …

(*nachdenklich*) Ratlosigkeit und Scham. Man steht nicht mehr so gelassen im Geschehen, wie man es sich wünscht. Bei aller Gelassenheit, etwas unangenehm ist es mir schon wenn … Das Ungewohnte macht mir zu schaffen. Was bedeutet die Feststellung „macht mir zu schaffen". Dieses unvermittelte Schamgefühl. Selbst wenn ich theoretisch weiss, es gibt keinen Grund für Scham, unversehens macht meine Natur / meine Veranlagung mir einen Strich durch meine Rechnung. Offensichtlich nehme ich mir ungewollt und intuitiv etwas so sehr zu Herzen, dass ich ausflippe. Da muss der Wille her, selbst mit dem Ungewohnten und meinen impulsiven Reaktionen klar zu kommen. Der Wille, unbedingt dranzubleiben. Die notwendige Distanz zu schaffen. Um nicht gleich mitgerissen zu werden.

Aus der Vogelperspektive das Ungewohnte grinsend oder kopfschüttelnd, je nach dem, beobachten.

Hauptmann, du Arschloch, du, hast mir diesen Wahnsinn eingebrockt. Mir dein unseliges Machwerk in meinen Alltag geschmissen. Ich, ich, ich …

„Wer schmeisst denn da mit Lehm, der sollte sich was schäm‘". Die gute alte Claire Waldoff. Ich ihm Lehmsturm. Doch ihnen, die mit Lehm schmeissen, fällt nicht im Traum ein, sich zu schämen. Sie sind stolz. Sie jubeln, wenn sie Lehm schmeissen dürfen und mich unter dem Lehmhaufen verschwinden sehen. Und jemand, der den Lehmschmiss mitbekommt, singt fröhlich, „Wer schmeisst denn da mit Lehm, der sollte sich was schäm‘". Zum Glück ist Lehm bloss schmierig. Macht mich nur vorübergehend dreckig. Ich kann mich und meine Kleider waschen. Um dann wieder als Saubermann dazustehn. Wegen des Bisschens Lehm brauche ich nicht im Erdboden zu versinken. Ich singe meine Lieder weiter. Begleite mich dazu auf meiner Gitarre. Ernte Applaus. Applaus! Sollen die Leute doch tratschen und lästern, wie es ihnen beliebt. Ich kann bloss darüber lachen. Basta!

(*selbstsicher fröhlich*) Für mich zählt einzig, dass ich mit Lehm beschmissen werde. Schmutzig bin und mich säubern muss. Was etwas Befreiendes ist. Wie und weshalb es diesen Lehm gibt, ist mir schnurzpiepegal. Hast du verstanden, Hauptmann, du Lehmschmeisser und Arschloch.

(*plötzlich nachdenklich*) Für das Organ Arschloch sollte der Mensch unendlich dankbar sein. Was wäre, wenn mir das Arschloch fehlte. Was wäre mit der Scheisse, die nirgends sonst aus meinem Körper herausbugsiert werden könnte. Das Arschloch ist etwas so Notwendiges, Niedliches, Lustvolles, Nützliches, Herrliches. Das kleine Löchlein zwischen den Arschbacken. Und man kann den eigenen Anus selber nicht ansehen. Ausser in einem Spiegel. Bloss fühlen und befühlen. Welche Kopflosigkeit, es zu verunglimpfen, indem man es unwürdigen Gecken als Etikett verpasst. Ich will unbedingt nicht Hauptmann, und überhaupt niemanden, mit dem Wort Arschloch beschimpfen. Jemanden als Arschloch zu betiteln, ist ein Verrat an dieser lebensnotwendigen Körperöffnung. Es ist letztlich überhaupt keine Beschimpfung, aber eine Auszeichnung als notwendiges Organ des Körpers. Im übertragenen Sinn, der Gesellschaft. In analogiam zum menschlichen Körper. Quatsch!

Mit welchem Wort, zum Teufel, beschimpfe ich nun einen Unmenschen wie Hauptmann???!!!

(*animiert*) Was oder wer versauert mir das Leben so sehr, dass ich es, sie oder ihn spontan zum Teufel wünsche? Und jeder nicht auf den Kopf gefallene, halbwegs vernünftige Mensch meiner Überlegung folgen kann. (*lachend*) Sind es etwa Politiker, Lobbisten, Verleger, Intendanten, Dramaturgen? Alle diese Klugscheisser und Überheblichkeitskolosse, die sich als Experten aufspielen. Von Vielen wie Götzen angebetet werden. Und uns erst noch weismachen wollen, dass sie an ihren eigenen Mist glauben. Lügner! Scharlatane! Kotzbrocken mit einem Brett vor dem Kopf! Selbsternannte Herrgöttchen, die von allen Entscheidungsunwilligen dieser Welt angehimmelt werden. Experten sind ein verabscheuungswürdiges Pack. Arschlöcher sind nicht zu verabscheuen. Wie würden wir ohne sie überleben. Experten werden für die Folgen, die sie für Betroffene haben, nie zur Rechenschaft gezogen. Experten können rauslassen, was sie wollen. Sie sind ein nur sehr bedingt notwendiges Übel. Meist total überflüssig. Experte, das ist eine angemessene, echte Beschimpfung! Sofort umdenken: statt Arschloch ab dato subito EXPERTE! (*lachend, in gespielten Zornausbruch*) Hauptmann, du Experte, du!

Der vom Experten Hauptmann in meinem Kopf ausgelöste Wahnsinn ist ja tatsächlich bisher bloss ein Wahn in meinen Sinnen. Kaum werde ich mir dessen bewusst, hört das Sturmgewitter in meinem Kopf auf. Zurück bleibt die Lehre, dass Schriftsteller in Schlüsselromanen und Schlüsseltheaterstücken den Respekt vor den skizzierten tatsächlichen Personen zu wahren haben. Was auch beim persönlichen Umgang in der Wirklichkeit eine Selbstverständlichkeit sein sollte. Mir eine willkommene Lehre. Dank dem Experten Hauptmann.

(*tief ein- und ausatmend*) Hier bin ich! Jetzt gilt es ernst. (*der Verkehrslärm stoppt, eine Türe wird geöffnet, hallende Schritte in einem grossen Raum, dann mit formeller Stimme, laut und deutlich*) Mein Name ist Frank Wedekind. Ich habe in fünf Minuten eines Verabredung mit Herrn Doktor …

Siebente Szene

Frank Wedekind sitzt an seinem Schreibtisch. Er telefoniert.

Okay. Perfekt. Um Acht. Und keine Sekunde später. Ich freue mich so. Da werden wir Hauptmanns neusten Wurf durchhecheln. Tschüss, Karl.

Frank Wedekind beendet das Telefonat. Er widmet sich handschriftlichen Korrekturen in einem Manuskript.

Das hätten wir! (*sich auf das Manuskript konzentrierend*) Lese zum x-ten Mal durch. (*kopfschüttelnd*) Dieses „und" muss weg. Füllwörter über Füllwörter. Weg, weg! Alle streichen. Dass mir das nicht schon früher aufgefallen ist!!! Auf den Stil achten. Die Figuren müssen wie Menschen sprechen. Nicht abgehoben „Literatur" kotzen. Es geht um Lebendiges. Das muss nachvollziehbar gemacht werden.

Mist, Mist, Mist! So stimmt es nicht. Wenn ich mein Versprechen mein lieben verstorbenen Freund Moritz gegenüber einlösen und das ihm zugesicherte Drama um seinen Selbstmord schreiben will, dann müssen die Worte der Figur Moritz in „Frühlings Erwachen" präzise Worte sein, die der wirkliche Moritz hätte sagen können oder gesagt hat. (*nachdenklich*) „Ich passe nicht hinein. Mögen sie einander auf die Köpfe steigen. – Ich ziehe die Tür hinter mir zu und trete ins Freie. – Ich gebe nicht so viel darum, mich herumdrücken zu lassen." (*Frühlings Erwachen, Zweiter Akt, Siebente Szene*)

(*animiert weitersprechend und gleichzeitig notierend*) Das hatte er genauso gesagt. „Ich passe nicht hinein. … Ich gebe nicht so viel darum, mich herumdrücken zu lassen." Vor meinem geistigen Auge sehe ich den wirklichen Moritz und höre noch, wie er diese Worte gesagt hatte. Nüchtern. Sachlich. Ich hatte nicht beschwichtigen, daran rütteln können. Diese Worte haben sich mir eingeprägt. Sind in meiner Erinnerung verankert. Wenn ich schon über ihn schreibe, muss ich ihm gerecht werden. Ihm, dem Selbstmörder, die Würde zurückgeben.

Wedekind schreibt wie wild. Nagt dann an seinem Griffel. Akkustische Unmutsäusserung und Kopfschütteln.

Was alles mir heute früh, an einem einzigen Morgen, zugefallen ist, will mir einfach nicht aus dem Kopf. Schwirrt in spontanen Gedankenfetzen in meinem Kopf herum. Stört mich bei der Konzentration auf mein „Frühlings Erwachen". Zuerst die Stippvisite von Karl, die mich aus meiner Morgenroutine reisst. Böse und gleichzeitig falsche Emotionen generiert. Dann Hauptmanns „Das Friedensfest und der Schock über das Schelmenstück, das er sich damit gegen mich und meine Familie geleistet hat. Dann der Abschiff mit meinem neusten Theaterstück beim schmierigen Doktorchen Dramaturg. Gute Miene zum bösen Spiel. Um nicht unter die Räder zu kommen. Das Amüsement über das, was einem ein so gewöhnlicher Morgen an Zufällen bescheren kann!

Ich könnte / sollte / müsste verärgert über Hauptmann sein. Über das schmierige Doktorchen Dramaturg. (*übertrieben dramatisierend*) Was mir heute zugestossen ist, ist ein Riesendrama. Ich muss dringendst einen, nein zwei verbitterte Kämpfe gegen Windmühlen aufnehmen. Mich in die Kämpfe hineinsteigern.

Mich für diese Kämpfe opfern! (*lachend*) Weshalb, zum Teufel, kann ich, was schief läuft, nie wirklich ernst nehmen. Von Geburt auf eine fröhliche Natur, antworte ich nach dem ersten Wutanfall lachend auf Widerwärtigkeiten. Meine Widersacher mit einem Höllengelächter verblüffen. Unverbesserlicher Lebenskünstler, der ich bin.

Wedekind tritt an die Rampe und spricht ins Publikum hinein.

Aus Berlin wird man hören, dass Hauptmann mit „Das Friedensfest" seinen zweiten Riesen-Erfolg gelandet hat. Nach nicht einmal einem Jahr mit „Vor Sonnenaufgang". Auch oder gerade weil der so ausnehmend hübsche ehemalige Augenstern von Ludwig dem Zweiten, Josef Kainz, als Wilhelm auf der Bühne steht. Welche Ehre, für mich, der ich in der Figur des Wilhelm für Krethi und Plethi erkenntlich karikiert bin. Vom grössten Theaterschauspieler auf der Bühne verkörpert zu werden! So soll, wie mir zugetragen werden wird, der Pianist Max Müller aus Jena, der ein Jugendfreund von Hauptmann ist, ihm wegen dieses Verrats an mir die Freundschaft aufgekündigt haben. Aufmerksamkeit für mich, den bisher unbeachteten, tut gut. Wie auch immer diese

Aufmerksamkeit geartet ist. Vielleicht, ja, vielleicht – und es ist überhaupt nicht ausgeschlossen – wird diese Aufmerksamkeit meiner Karriere als Stückeschreiber etwas Schub auch in den Fachkreisen geben.

Die Gesellschaft Hauptmanns werde ich künftig meiden. Klar, wenn ich ihm, dem FALSCHEN FREUND, zufällig irgendwo begegne, lasse ich mir nichts anmerken. Werfe ihm eine ironische Bemerkung an seine Birne. Die er, der eingebildete Trottel, nicht wahrnimmt. Damit hat es sich. Für die Gesellschaft, für die Leute ist die Situation gerettet. Die kleine Welt wieder in die Fugen gefügt. Da gelten Hauptmann und ich weiterhin als „alte Freunde". Innerlich habe ich diese Freundschaft begraben. Was er über mich und meine Familie geschrieben hat, ist jetzt öffentlich und nicht mehr rückgängig zu machen. Es hat mich verletzt. Die Schmerzen sind vorüber. Wozu jammern und beschuldigen. Alles Jammern und Beschuldigen kann das Geschehene nicht ungeschehen machen. Eine Episode eines gelebten Lebens. Na und! Mit schlechten Gefühlen machst du dir selber bloss das Leben schwer. Ich will sehen, welche Geschichte ich aus meinen schlechten Gefühlen abzapfen kann. Ventile gibt es genügend. Man muss sie nur nutzen. Um sich ein heiteres Gemüt zu bewahren. Mir als geborener Zyniker fällt es nicht schwer. Schliesslich habe ich meine schwere Kindheit, meinen Konflikt mit meinem Vater, das Miterleben der Ehe meiner Eltern, meine Erfolglosigkeit mit Schreiben, meine gescheiterten Liebesbeziehungen auch wegstecken müssen. Das ständige Hadern mit dem Schicksal ist eine unnötige Last. Und ich habe den notwendigen Willen, um das Hadern zu lassen. Ich klage niemanden an. Wozu auch! Ich stelle bloss fest. Mal heiter und gelassen. Mal mit Sorge. Ich habe gelernt zu erkennen, was ich mir gefallen lassen muss und was nicht. Mir ist ein Schnabel gewachsen. Und ein geöltes Mundwerk habe ich auch. Und wenn ich eine Ungerechtigkeit feststelle, dann ... Ja, dann schreibe ich los. Meine schwierigen Erfahrungen, die mich verletzt haben, werden zu den Themen, über die ich aus gelebter Erfahrung schreiben kann. Meine Erfahrungen und mein Überleben ohne Vorbehalte bekennen. Hübsch verpackt in verfremdendes Geschichtengeflunker. Und so, mit etwas Glück, Leidensgenossen und Leidensgenossinnen mitgeben, dass es für den, der bereit ist, sich dem Unausweichlichen zu stellen, immer einen Ausweg, mit etwas Glück den Weg zu einer guten Balance, gibt. Wunden verheilen. Man darf bloss die Hoffnung nie verlieren, beim eigenen Schicksal ein Wörtchen mitzureden zu haben.

Scharf beobachten. Feststellen, wie es tatsächlich ist. Feststellung ist Feststellung und unterscheidet sich gewaltig von Beschimpfungen, Anklagen und Urteilen, die auf Ideologien, Vorurteilen, Missverständnissen fussen. So ist es. Und nicht anders.

Wert, wart! Ich habe doch neben „Frühlings Erwachen" ein zweites Stück in Arbeit. „Eppur si muove". Wo zum Teufel ist das Manuskript???!!!

Achte Szene

Der Sprecher mit einem Kommentar.

Am in der Vierten Szene zuerst bereits erwähnten Theaterstück „Eppur si muove" arbeitete Wedekind in Berlin seit 1889. 1890 arbeitete er noch immer dran und verschärfte nach dem als Verrat empfundenen Text in Hauptmanns „Das Friedensfest" in diesem Theaterstück die Charakterisierung der Figur des Dichters Franz Ludwig Meier, in der er Hauptmann karikiert.

Neunte Szene

Wedekind wühlt in unzähligen Papieren und sucht nach dem Manuskript.

Wert, wart! Ich habe doch neben „Frühlings Erwachen" ein zweites Stück in Arbeit. „Eppur si muove". Wo zum Teufel ist das Manuskript???!!!

So blöd. Irgendwann / irgendwo unterwegs hatte ich mich daran erinnert gehabt und erst jetzt fällt es mir wieder ein. Als ich für „Eppur si muove" eine auf konservative Art hervorstechende Figur erfinden wollte, hatte ich ohne böse Absicht an Hauptmann gedacht gehabt und meinen Franz Ludwig Meier, immer Hauptmann vor Augen, aus Rücksicht auf den vermeintlichen Freund in milder Form entworfen gehabt. Jetzt kann ich alle Rücksicht sausen lassen. Trovato! Wart's nur ab, Gerhart Hauptmann, wart's nur ab!

Wedekind findet das Manuskript und setzt sich damit an seinen Schreibtisch.

In vorauseilender Retourkutsche hatte ich ihm, ohne zu wissen oder auch nur zu ahnen, wie er mir und meiner Familie dann den Karren fährt mit „Das Friedensfest", eine Rolle in meinem „Eppur si muove" Theaterprojekt eingeräumt.

Ungehemmt kann ich mit meinen zynischen Kommentaren zu Hauptmann, seiner Person und seinen Worten wüten. In der Hoffnung dass Gott und die Welt aufhorchen und sagen wird, dieser Franz Ludwig Meier, dieses Ekel, spricht und gibt sich so wie unser berühmter Gerhart Hauptmann. Ist Gerhart Hauptmann. Hahaha!

Nun, man deutet ja in tatsächlichen Gesprächen sachte da und dort, bei guten Freunden, die Irritationen an, die ein „Freund" einem einflösst. Doch über einen, der einem nichts angetan hat, grundlos loszuziehen, das ist schlechte Art. Also hatte ich es mir selbst Karl gegenüber, mit dem zusammen ich mich immer wieder über das Gehaben von Hauptmann lustig gemacht hatte, verkniffen, beim Reden über Hauptmann allzu direkt und zynisch zu werden. Damit muss jetzt Schluss sein. Scheiss auf Diskretion!

Bei seinem ersten Auftritt in meinem Stück, will ich Franz Ludwig Meier alias Gerhart Hauptmann so einführen / beschreiben, dass jeder einigermassen gebildete Leser gleich denken muss, wie Hauptmann! Abgeschnitten Hauptmann! Da, da, da … Ich erinnerte mich. Es muss im 1. Aufzug sein. Hier, beim 11. Auftritt. (*schreibend und im Schreibrhythmus sprechend*) „(Ein Jüngling mit bartlosem Antlitz, starkem Haarwuchs, während des ganzen Stückes in Jäger'scher Normalkleidung, wirft Marguerite, nachdem er die ganze Scene über in Betrachtung versunken an die vorderste Bank gelehnt stand, einen finster prüfenden Blick zu.)". (*Wedekind, Frank, Narren und Kinder. Lustspiel in vier Aufzügen, München Warth 1891, 1. Aufzug, 11. Auftritt*) Hahaha! Das sitzt. Das bartlose Antlitz. Der starke Haarwuchs. Der finster prüfende Blick. Deutlich Hauptmann karikiert. Gleichzeitig so allgemein, dass ich keinen Schiss haben muss, jemand könne mich wegen Verletzung von Persönlichkeitsrechten am Schlafittchen packen. Spricht jemand mich darauf an, dass ich in dieser Figur Hauptmann karikiere, tue ich so, als ob ich aus allen Wolken falle. Brösle hervor, du, das ist mir bisher überhaupt nicht aufgefallen. Findest du tatsächlich, dass Franz Ludwig Meier eine Karikatur Hauptmanns ist? Okay, ohne eine Prise

Verschlagenheit kommt man im Leben nun mal nicht weit.

Gelungen. Eine messerscharfe Karikatur Hauptmanns in meinem Theaterstück. Nun endlich prägnant und radikal, wie die erzählte Geschichte sie erfordert. Der advocatus diaboli, der mit seinen erzkonservativen, scheissbürgerlichen, humorlos hingeworfenen Sprüchen die Anderen aus der Reserve lockt, dass sie ihre tatsächlichen, zum Teil utopischen Überzeugungen nach und nach preisgeben. Preisgeben müssen. Meier im Stück als Konterpunkt, der den Diskurs über neue Ideen / Lebensentwürfe / Daseinsformen erst richtig in Schwung bringt. So funktioniert mein Stück! Die Rache an Hauptmann bloss ein willkommener Nebeneffekt. Der mich total amüsiert.

Es geht mir, weiss der Himmel, nicht etwa darum, Hauptmann schlecht zu machen. Doch wenn sich vielleicht zufällig die schöne Gelegenheit ergibt, an ihm für seinen dreisten Verrat an mir und meiner Familie süsse Rache zu nehmen, dann wäre ich blöd, es nicht zu tun. Doch auf sein Niveau, intim anvertraute Bekenntnisse dreist auszuplaudern, lasse ich mich nicht herab. Ich übernehme bloss die Aspekte Hauptmanns, die jedermann, der oder die ihn kennt, wahrnehmen kann. Ich karikiere und hoffe, damit nicht zu verletzen. Bloss zum Nachdenken anzuregen.

Mein Franz Ludwig Meier lässt die unerhörtesten Sprüche raus. Wie Hauptmann in der Realität. In Hauptmanns Worten. In wortwörtlichen Zitaten. Die die, die bei Audienzen des grossen Meisters zugegen sein durften, sogleich als dessen Worte wiedererkennen. Seine Belustigung über die Frauen im Allgemeinen, den Feminismus, die „Berufstätigkeit" von Frauen, Frauen als Wissenschaftlerinnen. Wie er den Frauen als einziges Existenzrecht die Unterstützung der Männer zu deren lustvoller Zerstreuung zugesteht. Als heilige Menschenpflicht. Das bringt Leben in die Chose. Heirassa, in dieser schonungslosen Offenheit wird die Handlung im Stück stringent und packend. Mein Stück nun auf der Abschussrampe für den grössten Hit der nächsten Theatersaison in Berlin.

Irgendwo muss ich seine reiche Heirat, die ihm sein So- und Dasein in seinen Anfängen erst ermöglicht hatte, noch ins Stück hineinpferchen. Doch nicht zu direkt. Schliesslich hat er in „Das Friedensfest" auch bloss Robert, das alter ego von Wilhelm, in dem ich sonst beschrieben werde,

Werbetexter werden lassen. Verwedelung der gespiegelten Realitäten, um allfälligen Klagen zuvor zu kommen. Ach ja, ein Bruder von Franz Ludwig Meier – er muss noch in den Entwurf hineingedichtet werden – wird eine Seifenfabrik, pardon, die Tochter eines Seifenfabrikanten heiraten ...

Die Figur des Bruders kann ich spielend einfügen.

Ja, ja, hier. (*beginnt zu schreiben und im Rhythmus des Schreibens zu sprechen*) „Marguerite: Was macht Ihr Herr Bruder? Meier: Verlobt hat er sich. Alma: Emil verlobt? Marguerite: Was Sie sagen! Meier: Er hat eine Seifenfabrik – der Opportunist! Wenn andere so denken wollten! Er selber bot mir schon 6'000 Mark jährlich, wenn ich ..." (*Wedekind, Frank, Narren und Kinder. Lustspiel in vier Aufzügen, München Warth 1891, 2. Aufzug, 3. Auftritt*)

(*lachend*) Das sitzt. Unverfänglich ist's im Stück der Bruder, der das Geld heiratet, doch Meier profitiert und ist damit im Stück der gleiche Opportunist wie Hauptmann. Ein gut sitzender Tritt an Hauptmanns Schienbein. Diese Karikatur nimmt die gewünschten Formen an.

Und hier, wenn's darum geht, dass Ricarda sich weigert, ihren Verehrer zu heiraten: „Ricarda: Daraus ergibt sich für mich die Verbindlichkeit, mich ihm als Sklavin zu überantworten! Meier: Daraus ergibt sich für Sie die heilige Menschenpflicht ..." (*Wedekind, Frank, Narren und Kinder. Lustspiel in vier Aufzügen, München Wirth 1891, 1. Aufzug, 11. Auftritt*) So, so auch dieser authentische Spruch Hauptmanns ist perfekt platziert.

Oh, genial dieser Einfall. *(schreibend und im Rhythmus des Schreibens redend)* „Der Realismus ist eine pedantische Gewohnheit. Der Realismus hat Dich den Menschen vergessen lassen. Kehr zur Natur zurück!" (*Kinder und Narren, 4. Aufzug, 7. Auftritt*).

Und zum Schluss, ja, das ist es, werde ich Meier / Hauptmann – als Retourkutsche dafür, dass er mich als sentimentale Heulsuse in „Das Friedensfest" karikiert – den Verstand verlieren, überschnappen lassen. Hahahaha! Selten so gelacht. Das hübscheste Duell mit spitzesten Federn zwischen Frankilein und Gerhartchen!

Zehnte Szene

Der Sprecher mit einem Kommentar.

Das Duell der beiden spitzen Federn ist erzählt.

Wedekind schreibt und schreibt und schreibt. Gestikuliert wie wild umher. Redet flüssig und locker Sätze vor sich her. Die er dann flugs schriftlich festhält. Lassen wir ihn schreiben. Soviel ist gewiss, der Schwung, mit dem er sich 1890 erneut über das Manuskript von „Eppur si muove" hergemacht hatte, hält bloss kurz an. Er änderte den Titel zu „Kinder und Narren". 1895 in Zürich arbeitete er noch immer an diesem Theaterstück. Er gab ihm einen noch anderen Titel, „Die junge Welt. Comödie in drei Aufzügen und einem Vorspiel". Das Stück erschien im Buchdruck 1897 im Verlag W. Paul's Nachfolger (H. Jerosch), Berlin. Die Uraufführung von „Die junge Welt" fand am 22. April 1908 in München statt.

Frank Wedekind gelingt der Durchbruch als Dramatiker erst 1899 mit der Uraufführung von „Der Kammersänger". Seine heute noch bekanntesten Theaterstücke sind „Frühlings Erwachen" und „Lulu".

Das war's. Etwas Klatsch und Tratsch über die beiden Stückeschreiber Frank Wedekind und Gerhart Hauptmann in jungen Jahren. Beide unter Dreissig. Der ältere Gerhart Hauptmann als erfolgreicher und geschätzter Vertreter der literarischen Richtung des Naturalismus. Der andere unbändig, mit seinem Schreiben die Grenzen des geltenden Anstands oft überschreitend, Neues / Ungewohntes erprobend. In ständigem Clinch mit der kaiserlichen Zensur, die die Menschheit vor Unflat schützen will. Dennoch schafft Wedekind es, mit seiner Frau Tilly, die Schauspielerin ist, und selber in den eigenen Theaterstücken aufzutreten, von Bühne zu Bühne zu tingeln und dabei neben eingeheimster Empörung über gewisse Inhalte und Frechheiten Erfolg zu haben. C'est la vie!

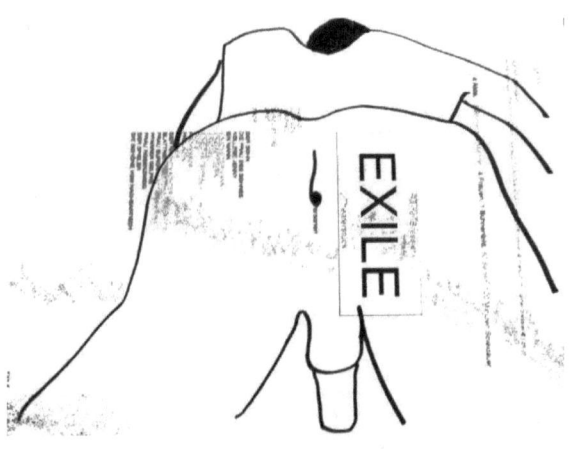

Literatur

Regnier, Anatol, Frank Wedekind. Eine Männertragödie, KNAUS EBooks

Hauptmann, Gerhart, Das Friedensfest, ClASSICS TO GO, E-Book

Wedekind, Frank, Narren und Kinder. Lustspiel in vier Aufzügen, München Warth 1891, https://sammlungen.ulb.uni-muenster.de/hd/content/structure/3979789

Zu Hauptmann, Gerhart, Das Friedensfest: https://de.wikipedia.org/wiki/Das_Friedensfest

Booklet zur CD Frank Wedekind. Lieder und Texte. Neu bearbeitet von Peter Bertschinger und Mihaly Horvath, 1993 Ivy Studio 5712, Vertrieb: P. Bertschinger, Aarauerstrasse90, 5712 Beinwil a. See

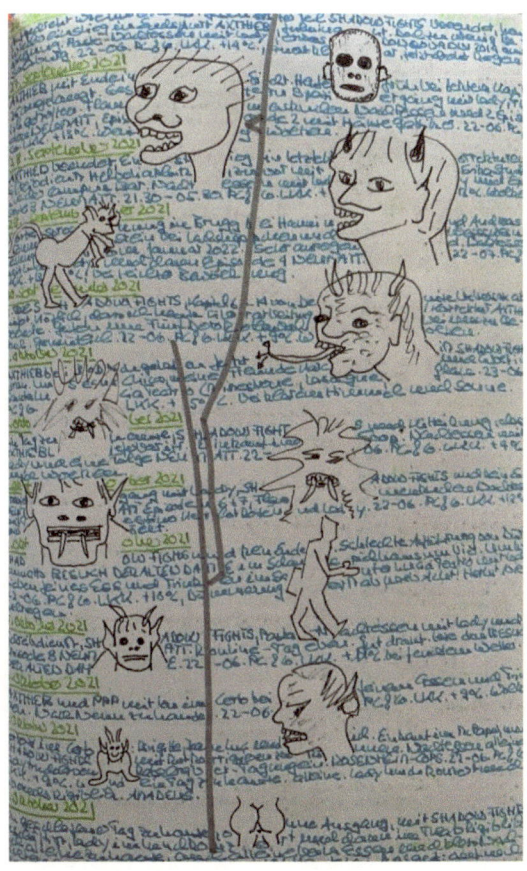

Wedekind-Liedtexte (Auswahl)

Zitiert nach Booklet zur CD Frank Wedekind. Lieder und Texte. Neu bearbeitet von Peter Bertschinger und Mihaly Horvath, 1993 Ivy Studio 5712, Vertrieb: P. Bertschinger, Aarauerstrasse90, 5712 Beinwil a. See

Aus dem Lied „Das Lieder vom armen Kind"

> Strophe 5
> Ein Dichter lebt in tiefster Not
> Er starb den ewigen Hungertod,
> den ewigen Hungertod.
> Mit Herzblut schriebe er sein Gedicht,
> Man druckt es nicht, man liest es nicht,
> Und niemand kennt es nicht.
> Sein Leib war krank, sein Geist war wund,
> Drum schloss der mit dem räudigen Hund
> Der Freundschaft heiligen Seelenbund.
>
> Strophe 6
> Und dann schrieb er zu aller Glück

Ein wundervolles Theaterstück,
Ein wundervolles Stück,
In welchem die Personen sind
Der taube Mann, das blinde Kind,
das arme, blinde Kind
Das lahme Weib, die Jungfrau zart,
Mit ihrem langen Klebelbart,
Die Jungfrau mit dem Knebelbart.

Aus dem Lied „Marasmus"

Strophe 1
Ein Dichter lebt in tiefster Not
Nicht einmal ein Gedicht gelingt mir mehr
Geschweige denn ein Mensch. Mein Hirn
ist leer,
Und meine Eingeweide sind so trocken,
Dass meine Dünste keine Kuh mehr
locken.

IN ERWARTUNG

Mini-Drama

Personen	Frau
	Mann
Ort	Küche einer Wohnung
Zeit	Gegenwart

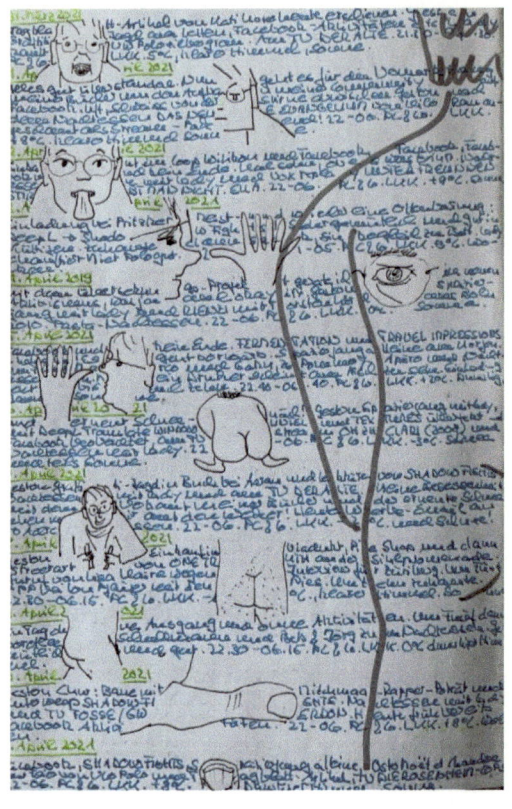

Eine Küche. Keine Personen. Aus dem Off sind die Geräusche einer sich öffnenden und danach wieder ins Schloss fallenden Haustüre zu hören. Danach ertönen eilend eine Treppe herunterrennende Schritte. Der Mann erscheint rennend in der Küche. Holt kurz Atem. Stellt sich dann hin, angelehnt an ein Möbelstück, als ob nichts wäre. Wieder die Geräusche der sich öffnenden und wieder schliessenden Haustüre. Kurz darauf betritt die Frau die Küche, einen Stapel Post in der Hand. Sie nimmt den Mann nicht wahr. Als er zu sprechen beginnt, zuckt sie kurz zusammen und schaut dann zu ihm hin. Grinst, hält den Stapel Post fest umklammert. Das anschliessende Gespräch ist spielerisch, als ob die beiden sich etwas vormachten.

Mann   (*wie beiläufig*) Ach, du hast die Post aus dem Briefkasten geholt.

Frau   (*grinsend*) Du hier? Was machst du hier? In der Küche. Du hast mich beinahe erschreckt. Dass du so zeitig bereits aus deiner Höhle kriechst. Es ist erst halb Elf. Du bist zu früh. Gewöhnlich kommst du erst um

Mittag runter. (*verschmitzt*) Ach ja, die Post. Erwartest du etwa etwas? Einen Brief vielleicht?

Mann   Ich?! Wie kommst du darauf.

Frau   Nichts. Nur so …

Mann   Ich darf doch wohl noch in die Küche kommen. (*rasch dahergesagt*) Um mir ein Glas Wasser zu holen.

Der Mann ergreift rasch ein Wasserglas und füllt es mit Wasser unter dem Wasserhahn. Die Frau schaut ihm grinsend an und schüttelt ihren Kopf. Sie hält die angekommene Post fest. In den Händen und trifft keine Anstalten, den Stapel tatsächlich durchzusehen. Der Mann schielt verstohlen danach.

Frau   (*den Mann fixierend*) Wieder einen Stapel eingehende Post. Wie jeden Morgen. Immer dieses belanglose Zeugs. Ein Stapel von Briefen, Broschüren, Papieren. Jeden Morgen. Und wenn du genau hinschaust: Bettelbriefe, Bettelbriefe, Werbung, verschleudertes Papier …

Mann   So ist das Leben.

Frau	Man sollte sich nicht falschen Hoffnungen hingeben. Durchsehen lohnt nicht. Am Gescheitesten gleich in den Mülleimer damit!
Mann	Obacht. Es könnten Rechnungen dabei sein.
Frau	Hast du tatsächlich gedacht, ich würde …
Mann	Immerhin ist es die Post für uns beide.
Frau	Du meinst, ein Brief für dich.
Mann	Briefe, die den gemeinsamen Haushalt betreffen.
Frau	Der besorgte Ehemann!
Mann	Mir ist ja klar, dass du hier das Regiment führst. Doch wenn du Anstalten triffst, fahrlässig mit den uns gemeinsam betreffenden Dingen umzugehen, …
Frau	Willst du dich um diese Post hier kümmern???!!! War bloss ein Scherz. Ich weiss, dir ist ja so gleichgültig, was …
Mann	Du tust ja gerade so, als ob ich mich um überhaupt nichts kümmere.
Frau	(*den Mann fixierend*) Du erwartest einen Brief!

Mann	Neineinein. Und überhaupt, weshalb soll ich keinen Brief erhalten dürfen.
Frau	Ich dachte bloss. Von wem erwartest du einen Brief.
Mann	Mein lieber Schatz. Du bildest dir etwas ein. Ich erwarte keinen Brief.
Frau	So.
Mann	Du glaubst mir nicht.
Frau	Doch, doch. Wie käme ich dazu, dir nicht zu glauben! Deine Korrespondenzen gehen mich ja nichts an. Bloss …
Mann	Ja?
Frau	Nichts. Sonst bist du am Morgen so vertieft in deine Angelegenheiten, dass du noch nie einfach so oder wegen der angekommenen Post runtergekommen bist in die Küche …
Mann	Ist es etwa verboten?! Wenn ich Durst habe und ein Glas Wasser will.
Frau	Das Glas Wasser. So so.
Mann	Klar, ich hätte mir oben im Badezimmer ein Glas Wasser holen können.
Frau	Du befürchtest echt, dass ich die eingegangene Post einfach so wegwerfe.

Mann	Ist mir doch wurst. Mach, was du willst.
Frau	(*lachend und den Mann genau beobachtend*) Dabei den Brief, den du so sehnlichst erwartest, entsorge, bevor du ihn gesehen und gelesen hast.
Mann	Leck mir am …
Frau	Dein Brief.
Mann	Ich habe nein gesagt. Ich erwarte keinen Brief. – Oder doch. (*Er geht zum Kühlschrank, öffnet breit grinsend, die Frau anschauend, den Kühlschrank und entnimmt ihm dann eine Flasche Rosé Champagner*) Einen Brief aus Hollywood.
Frau	Hollywood?! – Den Pink Champagne jetzt?! Ich hatte angenommen, er sei für …
Mann	Die Feste feiern, wie sie …. – Ja, ein Brief aus Hollywood. 20th Century Studios. Wegen meines neusten Theaterstücks. Sie wollen … Gläser her.

Die Frau entnimmt einem Küchenschrank Gläser und reicht sie dem Mann. Dann sieht sie den Stapel Post kurz durch.

Frau	Kein Brief aus Hollywood. – Du hast wieder ein Theaterstück geschrieben? Kein Sterbenswörtchen darüber zu mir! Du traust mir nicht zu, dass ich dein gescheites Geschreibsel verstehe. Daher zählt meine Meinung nicht. – Richtig. Bis vor kurzem hast du ständig vor deinem Computer gesessen und wie ein Besessener hineingetippt.
Mann	Und du hast mit keinem Wort gefragt, was ich schreibe.
Frau	Du, ich habe so viel um die Ohren. Und wenn ich frage, dann …
Mann	Ist ja gut.

Der Korken knallt und der Mann giesst die Gläser voll und reicht eines davon der Frau. Sie prosten sich zu und werden in der Folge ständig am Trinken und nachgiessen sein, wobei der Mann dem Getränk deutlich mehr zuspricht als die Frau.

Frau	Wovon handelt dein neues Stück?
Mann	Ach, du weisst schon … Nein, du hast nicht darauf geachtet, welche Bücher

	ich herumschleppe und nicht gefragt, womit ich mich beschäftige. Welches Buch ich gerade lese.
Frau	Auf deinem iPad mini die E-Books. Hahaha! Da kann man lange Stilaugen machen.
Mann	Auf jeden Fall hast du mich nie gefragt, bevor ich erst kürzlich wieder zu schreiben anfing, womit ich mich beschäftige. Du hattest auch nicht kommentiert, als ich diese CD mit Liedern von Wedekind zugesandt bekam. Herumliegen hatte.
Frau	Sobald du das Gefühl hast, ich mische mich in deine Angelegenheiten ein, verstummst du und …
Mann	Einerlei. Wir kommen in der spärlichen Zeit, die uns für Austausch bleibt ja kaum dazu, uns über die Abgleichung unserer gemeinsam wahrzunehmenden Termine, über die Tagesaktualitäten aus Zeitungen, Zeitschriften und Fernsehen zu unterhalten, geschweige denn über das, was mich umtreibt und mich viel Zeit kostet. Und du hast ja nie Zeit.

Frau	Fragst du je dem nach, was mich beschäftigt? Was ich mache!
Mann	Shopping ist nun mal nicht mein Ding. Kann mir gestohlen bleiben. Das weisst du genau. So gut kennen wir uns.
Frau	Und ich soll wohl widerspruchslos schlucken, dass du mich auf Shopping reduzierst!
Mann	Sei nicht schon wieder so pingelig. Deine Freiwilligenarbeit bei der Stiftung. Ich hüte mich davor, dir dazu gute Ratschläge zu erteilen. Sobald ich bloss ein Wörtchen dazu sage, fühlst du dich angegriffen. Zu Essen und Trinken, das dir so wichtig ist und für das du viel Zeit aufwendest, fallen mir keine blumigen Kommentare ein. Darüber können wir uns nicht wirklich unterhalten. Ich bin ein einfaches Gemüt. Trinke und esse, was auf den Tisch kommt.
Frau	Was ich unter Aufwendung meiner Fantasie dir an besten Weinen und Speisen hervorzaubere!
Mann	Du bist eben perfekt, mein Schatz. Und ich bin ein ungehobelter Kerl.

Doch irgendwie funktionieren wir emotional als Paar perfekt. Du sorgst für unser leibliches, ich für unser geistiges Wohl. Jedes von uns beiden führt sein eigenes Leben. Und wenn sich unsere Kreise überschneiden, haben wir es so gut zusammen. Wir harmonieren bestens.

Frau   Ausser dass du mir deine Unternehmungen in Sachen Sorge für unser geistiges Wohl meist verschweigst.

Mann   Prost, dieser Champagner ist richtig gut. Fruchtig. Doch überhaupt nicht süss! – Vor ungefähr zwei Monaten also lese ich in DIE ZEIT eine Kritik eines Films von Dominik Graf. „Jeder schreibt für sich allein", über deutsche Schriftsteller, die während der Nazi-Zeit in Deutschland geblieben sind. Benn, Kästner & Co.. Das Thema interessiert mich. Nicht zuletzt aufgrund Vatis Biografie, mit der ich mich seit seinem Tod herumschlage. Er, 1937 als Flüchtling aus Deutschland in der Schweiz. Musste wegen der Nazi-Zeit seinen Traum als

Schriftsteller begraben. Sich auf die Medizin, seinen Brotberuf, konzentrieren. Der ihm zu einem teils unwürdigen, doch erfolgreichen Überleben diente. Doch rechne ich mir aus, dass ich Grafs Film über die daheimgebliebenen Schriftsteller wohl kaum je zu sehen bekommen werde. Lese aber gleichzeitig, dass der Film auf einem gleichnamigen Buch von Anatole Regnier basiert. Also besorge ich mir Regniers Buch als E-Book und verschlinge es. Dabei erfahre ich zu meiner nicht geringen Überraschung, dass der Autor des Buches ein Sohn von Pamela Wedekind und Charles Regnier ist. Du erinnerst dich bestimmt auch noch an Charles Regnier im Schauspielhaus. Seit ich ins Theater gehe in den 60er Jahren bis – du das ist inzwischen bestimmt über 20 Jahre her – in Peter Ustinovs Endspurt. Er hatte eine so fantastische Bühnenpräsenz und Ausstrahlung. Und immer mit besten Schauspielerinnen zusammen auf der Bühne, Sonja Ziemann, Marianne

Hoppe. Namen, die in uns Alten liebe Erinnerungen wecken. Den Jungen aber nichts mehr sagen dürften. Charles Regnier also, in erster Ehe mit Pamela Wedekind verheiratet, ist der Vater des Autors, dessen höchst spannendes Buch ich verschlinge. Beim Namen Wedekind macht es klick. Aufgewachsen ist er, wie ich als Aargauer schon früh mitbekommen hatte, auf Schloss Lenzburg. Kantonsschule in Aarau. Sein Stück „Lulu" habe ich mal im Schauspielhaus Zürich gesehen mit der Trissenar als Lulu. Dann Alban Bergs Oper. Doch kann ich mich nicht erinnern, sonst je etwas von Wedekind gelesen zu haben, dem Autor von „Frühlings Erwachen". Ein Name, den man als Bildungsbürger kennt. Werke dieses immer noch berühmten Autors kann man aufzählen und weiss doch so verdammt wenig über sein Werk und bloss Bruchstücke über ihn als Person. Ich will mehr über ihn erfahren. Antol Regnier hat eine Biographie Wedekinds, seines

Grossvaters, geschrieben, „Frank Wedekind. Eine Männertragödie". Ich verschlinge auch dieses Buch und bin nun auf Frank Wedekind angesetzt und …

Frau   Interessant, interessant, was du alles gelesen hast. Was das jedoch mit deinem eigenen Theaterstück …

Mann   Warte, warte! Es gibt noch einige weitere Zufälle …

Frau   (*lacht*) Du und dein endloses Geschichtenerzählen!

Mann   Es geht um die Zusammenhänge, die Vernetzungen, die Zufälle, die zu erzählenswerten Geschichten zusammenschmelzen und im Autor Imaginationen entstehen lassen.

Frau   Also. Wedekind. Hast du dessen gesammelte Werke auch noch …. Das können wir wohl überspringen.

Mann   (*lacht*) Keine Sorge. Ich kapriziere mich nicht auf das Nacherzählen von Geschichten, die Wedekind erzählt hat. In der Biographie von Anatol Regnier lese ich, dass sein Grossvater, Frank Wedekind, mit Gerhart Hauptmann bekannt, ja, befreundet gewesen war. Gerhart Hauptmann hat für mich zweifache Bedeutung. Mit 15 Jahren durfte ich meine Eltern ins Kurtheater Baden begleiten, wo als Gastspiel eines Theaters aus Wien „Michael Kramer" gegeben wurde. Vati hatte im Vorfeld mit Stolz erzählt, dass er eine handschriftliche Karte von Gerhart Hauptmann besitze, in der er die Gedichte, die er, Vati, ihm, Gerhart Hauptmann, zur Beurteilung zugesandt hatte, lobte. Ihm jedoch gleichzeitig abgeraten hatte, sich ausschliesslich auf das Dichten zu fokussieren. Er rate ihm, sein Medizinstudium zu beenden. Vati mit seinem Alles-Besser-Wissen geht mir zwar schrecklich auf die Nerven, doch beeindruckt mich, den damals 15-Jährigen, der verrückt nach Theater ist und selber schreiben will, dass sein eigener Vater mit einem berühmten, gestorbenen Dichter korrespondiert hatte. Dem Dichter, der wie der Vater Schlesier gewesen war. Und das Theaterstück „Die Weber" über die schrecklichen sozialen Zustände von damals im Zusammenhang mit dem Weben geschrieben hatte. Die Familie der Mutter von Vati, die Frankensteins, hatten ins Landeshut in Schlesien eine Leinenweberei besessen und betrieben. Gemäss Familienlegende hatten in den Betrieben der Frankensteins nie so schreckliche Verhältnisse geherrscht haben, wie Hauptmann sie in seinen Theaterstück beschreibt. Und von eben diesem Dichter Hauptmann bin ich im Begriff, ein Stück zu sehen. Das gibt diesem Autor sogleich einen anderen Stellenwert, eine besondere Aura. Total erschlagen bin ich dann von „Michael Kramer", in dem ein Vater-Sohn-Konflikt dramatisch dargestellt ist. Dass über die Schwierigkeiten, die ein Sohn mit seinem Vater hat, geschrieben wurde, zeigt mir, dass ich nicht der Einzige bin, der sich mit einem total unmöglichen Vater herumzuschlagen hat.

Frau   Ja, ja. du und dein Vater. Davon kommst du nicht los. Doch was hat das mit deinem neuen Theaterstück zu tun. Zur Sache, Liebster, sonst stehen wir für ewig hier.

Mann Prost. Der Rest in der Champagnerflasche reicht für weitere sachdienliche Ausführungen über die Entstehungsgeschichte meines Theaterstücks. Falls du noch immer daran interessiert bist, Näheres darüber zu erfahren.

Frau Prost.

Mann Hmmm, so gut dieses Gesöff! - Jetzt kommt's. Wedekind und der zwei Jahre ältere Hauptmann hatten sich 1888 in Zürich kennengelernt, wo beide sich kurzfristig gerade aufgehalten hatten. Hauptmann hatte sich als Novellist und Lyriker bereits einen Namen gemacht. Wedekind hat den Durchbruch noch nicht geschafft. Fühlt sich zu ihm, seinem berühmten Schriftstellerkollegen, der im Literaturbetrieb bereits Fuss gefasst hat, hingezogen. Er fasst zu ihm, dem guten Freund, so sehr Vertrauen, dass er in einer schwachen Stunde über seinen Schatten springt und ihm das anvertraut, das ihm sonst zu peinlich ist, um mit anderen darüber zu reden. Detailliert berichtet er über die schwierigen Famiienverhältnisse, aus denen er stammt, die schlechte Ehe seiner Eltern und seine ständigen Konflikte mit seinem Vater, die darin gipfeln, dass er einmal tätlich gegen ihn geworden ist. Hauptmann erlebt später dann seinen Durchbruch auch als Dramatiker 1889 in Berlin mit „Vor Sonnenaufgang". Wedekind muss sich als Werbetexter bei der Firma Maggi durchschlagen um finanziell über die Runden zu kommen, da er kein Theater findet, das sein Theaterstück aufzuführen bereit ist. 1890 kann Hauptmann mit einem weiteren Stück „Das Friedensfest", wiederum in Berlin, bereits seinen zweiten, vielbeachteten Erfolg landen. Nun kommt es! In „Das Friedensfest" verwendet Hauptmann zum Teil wortwörtlich, was Wedekind ihm unter dem Siegel der Verschwiegenheit über seine Familie und sich anvertraut hatte. Später dann rächt Wedekind sich süss an

Hauptmann, indem er Hauptmann in einer der Figuren seines Theaterstücks „Kinder und Narren" satirisch böse und für Eingeweihte leicht erkennbar karikiert. Über die auf die Probe gestellte Freundschaft zwischen den beiden Schriftstellern und deren Duell mit spitzen Federn handelt mein neues Theaterstück, das Drama „Ein falscher Freund". Jetzt weiss du alles. Wieviel Zufälle es brauchte, bis ich zu meinem Thema kam.

Frau   Musst du mir unbedingt zu lesen geben. Das klingt ja total spannend.

Mann   Das Manuskript ist in Hollywood. Und ich werde demnächst hinreisen, um am Drehbuch für den geplanten Film mitzuarbeiten.

Frau   Dann wird mein lieber Mann bald schon ein sehr berühmter Promi sein, um den die Leute sich reissen.

Mann   Und dessen bisher unverkäufliche Bücher zu Bestsellern katapultiert werden. Die Theaterleute mir alle meine bisherigen Theaterstücke aus den Händen reissen werden, um auch ja die ersten zu sein, die sich damit brüsten können, mich entdeckt / wiederentdeckt zu haben. Ich werde im offenen Landauer durch die von Schaulustigen gesäumten Strassen fahren und als der angesagteste Promi-Schriftsteller huldvoll mit meiner Rechten der Zuschauermenge, die die Strassen säumt, zuwinken. Wie eine Queen.

Frau   Auf den immerhin möglichen Erfolg ein grosses Prosit. Prost!

Mann   Prost. Obwohl, wenn ich mir's so genau überlege. Vor die Medien treten zu müssen, Interviews geben zu müssen, im Mittelpunkt zu stehen, zum Allgemeingut zu werden, das wird mir schon stinken …

Frau   Schon wieder dabei, die negativen Aspekte zu sehen.

Mann   Du wirst ja nicht die Person sein, um die sich alle reissen! Du darfst dich bloss in der Berühmtheit deines Mannes sonnen.

Frau   Hahaha. Denkst du. Die Frau des Bestseller-Autors wird von Journalisten überrannt, die nicht an ihn rankommen.

| Mann | So bin ich und so bleib ich. Als Zweckpessimist erkenne ich überall immer die negative Seite. Bin dann heilsfroh, wenn es dem Lebenskünstler in mir gelingt, meine Ruhe zu haben! Prost. |

Die Stimmung kippt von Gelächter zu sachlicher Ernsthaftigkeit.

Mann	Es ist einfach demütigend, wenn ich mir zum Schluss eingestehen muss, du, niemand will deine Werke. Deine Theaterstücke. Deine Kinder. Die mehr als bereit sind auszuschwärmen. Kein Schwein will sie zur Kenntnis nehmen. Aufführen. Veröffentlichen. Dann ist all die Mühe mit dem Schreiben, ist aller Schweiss, sind alle Tränen für die Katze gewesen. Spass beiseite! Die Wahrheit ist …
Frau	Das Stück „Ein falscher Freund" aber hast du tatsächlich geschrieben.
Mann	Klar. Vor Wochen an 46 Theater, Agenturen und Verlage versandt und wenn überhaupt Reaktionen kamen, bloss Absagen. Ich hatte so gehofft,

mit diesem Thema, mit meinem gewohnt lässigen Stil die Fachwelt auf mich aufmerksam zu machen. Schliesslich handle ich in diesem Stück den reizvollen Streit zwischen zwei als Klassiker bekannten Schriftstellern ab. Was selbst bei jedem halbwegs Gebildeten die Glöckchen klingeln machen müsste, Doch kein Schwein interessiert sich für das, was ich schreibe. Das ist die Wahrheit. Wem liegt schon daran, einen Mummelgreis als Schriftsteller zu entdecken. Da wird niemand …

Frau Neuzuentdecken.

Mann … sich darum reissen. Ich bin zu alt. Ich gehöre eindeutig nicht mehr über, doch unter die Erde!

Frau Man hatte dich als Schriftsteller gekannt, geschätzt.

Mann Lang, lang ist's her. Du, Liebste, das setzt mir echt zu. Prost.

Frau Prost. – Schütte diesen feinen Champagner nicht so gedankenlos in dich rein.

Mann Lerne endlich zu geniessen! Wie soll ich etwas geniessen können, wenn das, was mir das Wichtigste ... Etwas vom Wichtigsten ist. Die Schriftstellerei. Findet nicht einen Funken Anerkennung! Der Literaturbetrieb grenzt mich aus. Will nichts von meinem Werken, von mir wissen. Ich leide. Echt. Ich meine es ernst. Diesmal spiele ich kein Theater. Ich bin es leid, den Ruf des Schriftstellers zu haben und mich derweil lächerlich zu machen, weil die veröffentlichten Bücher Flops sind und die neuen Manuskripte kein Schwein mehr zu interessieren vermögen.

Frau   Ach, dein Negativismus! Vielleicht bekommst du noch eine positive Antwort. Wann hast du die Manuskripte verschickt?

Mann   Vor genau sechs Wochen und vier Tagen. Alle 46 am gleichen Tag. Per Email. Briefe sind überholt von neuen Technologien, haben ausgedient. Nichts dauert ewig. Alles geht einmal zu Ende. Wer schreibt heute noch Briefe. Wer nimmt noch ernsthaft an, dass eine wichtige Mitteilung per Post kommt? Als Brief aus Hollywood. Bist Du etwa auf den Scheiss mich dem Brief aus Hollywood reingefallen?

Die Frau schüttelt ihren Kopf.

Mann	Eben.
Frau	Prösterchen. Verliere nicht die Hoffnung. Vielleicht kommt ja wirklich noch eine Zusage.
Mann	Von wem?! – Eine Dramaturgie hatte mir in einer Empfangsbestätigung einmal geschrieben, wenn ich innert vier Wochen nichts mehr höre, sei das einer Absage gleichzukommen. Das scheinen die Gepflogenheit in diesen Institutionen zu sein. Ich spüre, wie alle mich verlachen. Und das zu recht. Es wird zu viel und zu Beliebiges geschrieben. Aus dieser Menge sticht nicht einmal mehr das Geistreiche und Satirische heraus, das ich schreibe. Und ich Idiot schreibe noch immer stur weiter. Bilde mir ein, Schriftsteller zu sein.
Frau	Immerhin hattest du einmal Erfolg gehabt.

Mann	Vor langer, langer Zeit. Kaum mehr wahr. Aus der Erinnerung der Öffentlichkeit getilgt. – Hmmm, lass uns saufen … Trinken! Um das Ungereimte des Alltags zu vergessen.
Frau	Was ist Erfolg? Ich finde das, was du schreibst total spannend. Du hattest mir, als wir uns kaum gekannt hatten, vor über 40 Jahren, ein Manuskript zu lesen gegeben. Ich dachte, wow, wer so gut schreibt, muss ein total interessanter Mensch sein. Dann haben wir uns ineinander verliebt. Ich bin jedes Mal hin von deinen Manuskripten, deinen Werken, deinen Büchern.
Mann	Ja, du …
Frau	Bin ich niemand?!
Mann	Ich meine es nicht so. Versteh mich nicht falsch. Ich, ich, ich … - Niemand wartet auf meine literarischen Ergüsse. Meine Zeit ist, so grausam es klingt, abgelaufen.
Frau	Unsinn. Du hast ja schon wieder etwas Neues geschrieben, das du mir bisher vorenthalten hast.

Mann	Soll ich auf diesen Misserfolg erst noch stolz sein und mit geschwellter Brust herumgehen!
Frau	Du hast Werke geschrieben. Gute Werke. Okay, okay, schau mich nicht so an. Ich bin nicht Expertin in Sachen Theaterstücke und Literatur. Doch lese ich. Ich bin Publikum und kann sagen, ob mir etwas gefällt oder nicht. Mir gefällt, was du schreibst. Und ich bin stolz darauf, dass du schreibst. – Applaus. Was ist das schon. Er dauert kurz oder lang, ist enthusiastisch oder lahm. Dann ist er vorbei. Doch das Werk bleibt.
Mann	Aus Verzweiflung in eine Schublade geschmissen. Und dort verstaubt es.
Frau	Du kannst stolz sein auf das, was du geschaffen hast. Echt. Ich checke nicht, weshalb dir ein Werk ohne beliebigen und vergänglichen Applaus nichts wert ist. Wie vielen Künstlern geht es gleich wie dir.
Mann	Ich masse mir nicht an, mich mit Tennessee Williams zu vergleichen. Nach seinen riesigen und weltweiten Erfolgen hatte er plötzlich nicht mehr

den Nerv der Zeit getroffen, wurde nach und nach vergessen. Ich war ihm einmal, vor Urzeiten, in einer Bar in Key West begegnet. Ein alter versoffener Mann, den keiner dort mehr kennen wollte. Er hatte sich an mich – ich war damals noch jung und hübsch gewesen – rangemacht.

Frau Seine Stücke sind noch immer gut.

Mann Vergessen und irgendwie verkommen. (*nachdenkend*) Doch das, was er geschrieben hatte, bleibt und er konnte noch immer stolz darauf sein.

Frau Genau. Genau wie du auf das, was du geschrieben hast, stolz sein kannst. Wer kann schon so viele interessante Werke vorweisen.

Mann Ich müsste lernen stolz auf das zu sein, was ich geschaffen habe.

Frau Ja.

Mann Ob es ankommt, gefällt, ist letztlich scheissegal.

Frai Richtig!

Mann Oft geben ausgerechnet die Dinge, die, weil sie anecken, abgelehnt werden, die tatsächlich wichtigen Impulse. Irgendwo, in meinem Innersten weiss ich es. Dass ich gut schreibe. Gut erzähle. Der Rest ist und bleibt Schweigen, was ein viel Grösserer als ich vor Jahrhunderten bereits erkannt hatte. Ich will schamlos und stolz zu meinen Werken stehen und das ewige Zögern und Zaudern lassen. – Danke! Danke dir!

Frau   Wofür? Dass die Flasche endlich geleert ist. Du hast den grössten Teil davon in dich reingeschüttet.

Mann   Dein Fehler, dass du bloss genippt hast. Dein Fehler. Doch habe ich dafür zu danken, dass …

Frau   Ich vertrage bloss wenig Alkohol. Und erst noch am Morgen. Bevor ich gegessen habe.

Mann   Bist trotzdem ein guter Kumpel. Bist dir nicht zu schade, zufällig am Morgen mit mir und einer Flasche Pink Champagne in die Küche rumzuhängen! Herzlichsten Dank, liebster Schatz, dass endlich wieder einmal ein ernsthaftes Gespräch möglich war. Wo wir beide sonst kaum Zeit finden, nur schon unsere Agenden gegenseitig abzugleichen.

(*lacht*) Dank des Briefes aus Hollywood, den es nie gegeben hat und den es nie geben wird, haben wir ein gutes Viertelstündchen in fröhlichem Geplauder verbracht. Dafür liebe ich dich, mein Schatz. Und ich danke Dir, mein Schatz, dass du es immer schaffst, mich aufzustellen. Mit oder ohne Brief. Warte, ich speede gleich in den Keller, um eine neue Flasche Pink Champagne in den Kühlschrank raufzuholen für den Termin, für den wir die Flasche, die wir jetzt gehöhlt haben, geplant hatten.

Frau   Okay. Da, nimm den Stapel von Bettelbriefen und Werbezeugs gleich mit und leg es zum Altpapier. Diese Bettelbriefe nerven. Wir spenden einmal im Jahr und dann gerade richtig. Diese Bettelbriefe brauchen wir nicht.

Mann   Insbesondere, wenn noch „Geschenke" dabei sind.

Frau   Da ist noch ein Brief für dich.

Mann	Ein Brief für mich? Komm, gib her. Auf diesen Brief habe ich so sehr gewartet!

Die Frau reicht ihm einen Stapel Briefe und den einzelnen Brief. Der Mann reisst den Briefumschlag auf..

Mann	Die Eintrittskarte für die Caravaggio-Ausstellung in Basel! Hurra! Es hat geklappt!
Frau	Die Caravaggio-Ausstellung in Basel?
Mann	Ich hatte der online-Bestellung dieser Eintrittskarte misstraut. Doch nun hat es geklappt. Ich halte die Eintrittskarte in Händen! – Ich hatte dir doch gesagt, diese Ausstellung interessiert mich brennend. Du hattest abgewehrt. Keine Zeit, keine Zeit.
Frau	Ja, so düster erinnere ich mich.
Mann	Das mag ich so an dir!
Frau	Was?

Beide lachen. Der Mann mit dem Stapel Papieren in der Hand geht ab. Die Frau ruft ihm nach.

Frau   Und die geleerte Flasche ins Altglas!

Ende

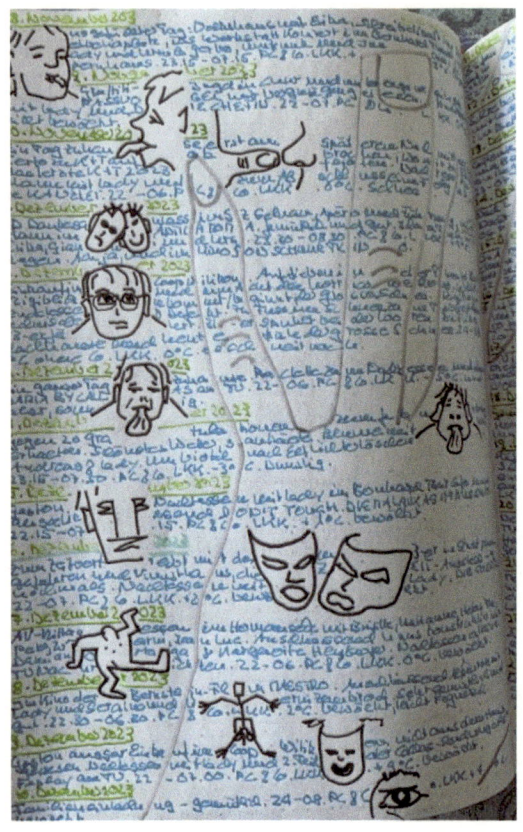